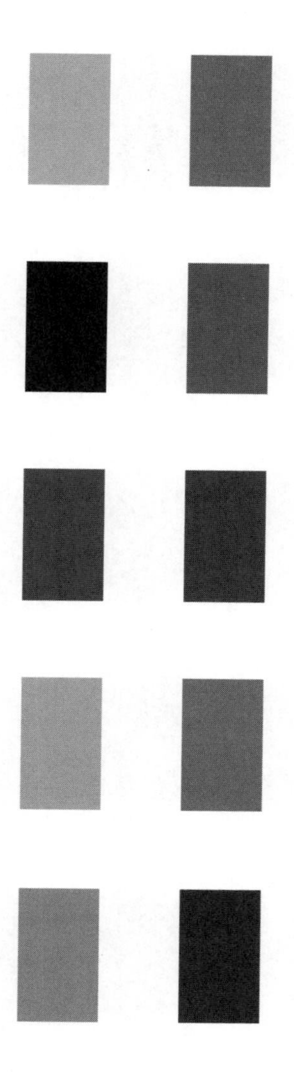

2016 오늘의 좋은 시

맹문재 · 김석환 · 이은봉 · 이혜원 엮음

2016 오늘의 좋은 시

초판 인쇄 · 2016년 2월 24일
초판 발행 · 2016년 3월 4일

엮은이 · 맹문재, 김석환, 이은봉, 이혜원
펴낸이 · 한봉숙
펴낸곳 · 푸른사상

주간 · 맹문재 | 편집 · 지순이, 김선도 | 교정 · 김수란
등록 · 1999년 7월 8일 제2-2876호
주소 · 서울시 중구 충무로 29(초동) 아시아미디어타워 502호
대표전화 · 02) 2268-8706(7) | 팩시밀리 · 02) 2268-8708
이메일 · prun21chanmail.net / prunsasangnaver.com
홈페이지 · http://www.prun21c.com

ISBN 979-11-308-0611-2 03810

값 15,000원

이 도서의 국립중앙도서관 출판예정도서목록(CIP)은 서지정보유통지원시스템 홈페이지(http://seoji.nl.go.kr)와 국가자료공동목록시스템(http://www.nl.go.kr/kolisnet)에서 이용하실 수 있습니다. (CIP제어번호 : CIP2016004388)

2016 오늘의 좋은 시

맹문재 · 김석환 · 이은봉 · 이혜원 엮음

책을 내면서

2015년에 발간된 문학지에 수록된 시 작품들 중에서 '좋은 시' 129편을 선정했다. 이번 선집에 새롭게 들어온 시인은 77명이다. 지난해에는 83명이었고, 지지난해는 70명이었다. 3년 동안 연속적으로 선정된 시인은 26명이다. 이렇듯 이 선집은 공정성을 가지려는 차원에서 새로운 시인들을 적극적으로 소개하고 있다. 그렇지만 우리 시단에서 활동하는 시인들이 워낙 많기 때문에 이 선집이 대표성을 갖는다고 자신할 수는 없다. 함께하지 못한 시인들에게 아량을 구한다.

이 선집에서 정한 '좋은 시'의 기준은 당연히 작품의 완성도이지만 독자와의 소통도 고려했다. 시인들의 다양한 시작 경향을 인정해야겠지만 지나치게 주관적이어서 소통되기 힘든 작품들은 선정하지 않았다. 이와 같은 면에서 이 선집은 실험성을 추구한 작품들을 적극적으로 수용하지 못한 한계를 갖고 있다.

'좋은 시'를 선정하는 일 자체가 모순일 수 있다. 시 작품의 존재 가치는 우열에 있기보다는 다양함에 있기 때문이다. 그렇지만 시인의 성과를 마련하는 일이나 시단의 지형도를 그리는 일은 필요하다고 볼 수 있다. 이 선집은 이와 같은 책임감을 갖기 위해 선정된 작품마다 해설을 달았고 필자도 다음과 같이 밝혔다.

맹문재=a, 김석환 =b, 이은봉=c, 이혜원=d.

독자들이 우리 시대의 시인들에게 관심을 갖고 시집을 찾는 경우는 점점 줄어들고 있다. 그래도 시인들은 계속해서 시를 쓰고 시집을 간행할 것이다. 이 선집이 그 시인들의 작품 활동에 힘을 실어주고 독자들에게 즐거움을 주기를 기대한다.

2016년 2월

엮은이들

차례

2016
오늘의
좋은
시

푸른, 수력발전소

강경호

겨울 강물 속에 발 담근 왜가리 한 마리
반신욕을 하는 것이 아니다
수력발전소를 돌리고 있다
발끝을 타고 오르는 차가운 기운을 에너지 삼아
전기를 생산하고 있다

천변에서 달리기를 하며 몸을 푸는
새벽 운동을 하는 사람들
헉헉거리며 마스크 밖으로 입김을 내뿜고
한켠에서는 운동기구에 매달려 몸을 단련하고 있지만,
그들이 생산하는 열기보다 용량이 많은 전기를
가냘프고 연약한 왜가리 한 마리
푸른 강물을 뎁히고도 남는 차가운 정신으로
발끝에서 부리 끝까지 축전하고 있다

전기(電氣)는 토스트를 굽고, 찌개를 끓이고
공장을 돌리는 것만 하는 것이 아니다
불처럼 차가운 마음들을 감전시키고,
극한에서도 흐트러지지 않는 푸른 정신을 일으킨다.

(『시인수첩』 2015년 여름호)

이 시의 제목이기도 한 '푸른, 수력발전소'는 왜가리를 가리키는 환유이다. 이때의 환유는 다분히 주관적으로 선택된 비유이다. 그것들이 서로 시인의 상상력에 의해 부여된 인접성을 지니고 있기 때문이다. 왜가리는 우리나라의 전역에서 서식하는 여름새이다. 일부의 적은 무리는 남쪽 지방과 도서 지방에서 월동하기도 하지만 기본적으로는 텃새이다. 왜가리는 흔히 냇물이나 강물 속에 외발로 서서 물고기를 낚는다. 시인은 그러한 자세의 왜가리가 "수력발전소를 돌리고 있다"고 생각한다. "발끝을 타고 오르는 차가운 기운을 에너지 삼아/전기를 생산하고 있다"고 그는 상상하고 있는 것이다. 시인이 보기에는 "새벽 운동을 하는 사람들"보다도, "운동기구에 매달려 몸을 단련하고 있"는 사람들보다도 "많은 전기를" 생산하고 있는 것이 왜가리이다. 물론 이때의 "전기는 토스트를 굽고, 찌개를 끓이고/공장을 돌리는" 전기가 아니다. "푸른 강물을 뎁히고도 남는 차가운 정신"이기 때문이다. "불처럼 차가운 마음들을 감전시키고,/극한에서도 흐트러지지 않는 푸른 정신을 일으"키는 것이 시인이 생각하는 전기이다. 시인이 왜가리를 '푸른, 수력발전소'라고 발상하는 것은 바로 이러한 연유에서이다. (c)

겨울비, 하염없이

강인한

초겨울인데 개나리꽃 팔랑팔랑
찬바람에 흩적삼
도망 나온 가시내 가슴처럼
베란다의 철쭉도 꽃망울을 슬쩍.
시절이 왜 이럴까
세월이 거꾸로 가는지 환장을 하였는지.
분 바른 계집애들
치마는 허벅지로 샅으로 자꾸만 올라가고,
날궂이 살인마가 날뛰는 막다른 골목
이 골목인가 저 골목인가.
담배를 개비로 팔고
술도 잔술로 팔고
독한 추억에 취한 그네
시큰한 옛 노래에 실어
내리는 겨울비, 하염없이 늙은
개는 콧등으로 쓰레기 더미를 뒤지네.

(『시와시학』 2015년 봄호)

이 시는 "시절이 왜 이럴까"라는 질문으로부터 비롯된다. "초겨울인데 개나리꽃 팔랑팔랑"할까 하는 질문 말이 그 구체적인 예이다. 겨울에서 봄으로, 봄에서 여름으로 변화하는 것이 시절의 바른 질서이다. 시인이 보기에는 이러한 시절의 바른 질서를 배반하고 "초겨울인데" "베란다의 철쭉도 꽃망울을 슬쩍" 피우고 있는 것이 오늘의 현실이다. 왜 그러한 것인가. 시절의 질서가 역으로 진행하고 있기 때문이다. 이때의 시절은 물론 시인에게 역사의 다른 이름이다. 그렇다면 이 시에서 개나리꽃이나 철쭉은 반동하는 역사를 가리키게 된다. 구체적인 경험, 가시적인 생생한 사실로 유비하려다가 보니 자연의 개나리꽃, 철쭉을 끌어들여 에둘러 말하고 있는 것이다. 마침내 시인은 이 시에서 "세월이 거꾸로 가는지 환장을 하였는지" 하고 한탄한다. 이때의 한탄 속에는 나날의 욕망에 급급한 오늘의 인간에 대한 걱정과 우려도 들어 있다. 치마가 "허벅지로 샅으로 자꾸만 올라가"는 "분 바른 계집애들", "막다른 골목"을 막고, "날뛰는" "날궂이 살인마"들에 대한 걱정과 우려 말이다. 시인이 보기에는 이러한 일들 또한 역사가 거꾸로 진행하고 있기 때문이다. 시인의 걱정과 우려는 마침내 "이 골목인가 저 골목인가./담배를 개비로 팔고/술도 잔술로 팔고/독한 추억에 취한 그네"라는 표현까지 낳는다. 그러니 "시큰한 옛 노래에 실어/내리는 겨울비, 하염없이 늙은/개는 콧등으로 쓰레기 더미를 뒤"질 수밖에 없다. (c)

밥

고 철

엄마는 내 밥이었습니다
그런 믿음으로 밥을 배웠습니다

먹는다는 것은
몸을 모시는 하나의 예물,

그러므로
밥을 따 먹는다는 것은 어쩐지 야만스럽게 들립니다
핥아 먹는다는 것도 매국노 같아서 싫습니다
그렇다고 얻어먹는다는 것은 더더욱 엉터리 같습니다
밥은 거룩하게 벌어서
수족으로 받아먹는 일종의 예식 같습니다

닭이 먹는 것을 모이라 하고
소나 돼지가 먹는 것을 먹이라 합니다만
이것들은 끼니 이전의 구실만 하는가 봅니다

사람은 무엇으로 사는가?

자궁(子宮)에 살 적에 잠깐 들었던 어머님 말씀,

밥은 오입보다 맛있다 했습니다

(『미네르바』 2015년 가을호)

'밥'은 '엄마' 만큼 원초적인 말이다. 가장 가까우면서도 신성한 말이다. 밥을 '먹는다'는 말은 무수한 동의어를 내포하고 있지만, 이 시의 화자에게 그것은 경건한 제의에 가깝다. 그러니 "따 먹는다"거나 "핥아 먹는다", 또는 "얻어먹는다"와 같은 말은 밥의 신성한 의미의 반대편에 놓여 거부감을 일으키는 것이 당연하다. "거룩하게 벌어서/수족으로 받아먹"어야 제대로 된 밥이라 할 수 있는 것이다. 사람이 먹는 밥은 '모이'나 '먹이'와 달라 생명 유지의 기능 이상의 역할을 한다. 최근 대중매체에서 열풍을 일으키는 이른바 '먹방'을 보면 '밥'이 얼마나 많은 이야깃거리와 즐거움을 내포하고 있는지를 알 수 있다. 사람은 밥으로 인해 울고 웃으며, 밥과 관련된 유구한 문화를 형성해왔다. 밥은 "사람은 무엇으로 사는가?"에 대한 질문의 확실한 답이기도 하지만, 다른 무엇과도 비교할 수 없는 즐거움의 원천이다. 시와는 거리가 먼 듯한 밥이 좋은 시제가 되었다. 밥도 시도 "오입보다 맛있다" 할 만하기 때문이다. (d)

파주에게

공광규

파주, 너를 생각하니까
임진강변으로 군대 갔던 아들 면회하고 오던 길이 생각나는군
논바닥에서 모이를 줍던 철새들이 일제히 날아올라서
나를 비웃듯 철책선을 훌쩍 넘어가버리던
그러더니 나를 놀리듯 철책선을 훌쩍 넘어오던
새떼들이 생각나는군
새떼들은 파주에서 일산도 와보고 개성도 가보겠지
거기만 가겠어
전라도 경상도를 거쳐 일본과 지나반도까지도 가겠지
거기만 가겠어
황해도 평안도를 거쳐 중국과 소련을 거쳐 유럽도 가겠지
그러면서 비웃겠지 놀리겠지
저 한심한 바보들
자기 국토에 가시 철책을 두르고 있는 바보들
얼마나 아픈지
자기 허리에 가시 철책을 두르고 있어보라지
이러면서 새떼들은 세계만방에 소문 다 내겠지
파주, 너를 생각하니까
철책선 주변 들판에 철새들이 유난히 많은 이유를 알겠군
자유를 보여주려는 단군할아버지의 기획이 아닐까
하는 생각이 자꾸 드는군

(『인간과 문학』 2015년 겨울호)

대한민국 휴전선 근처의 소도시인 파주를 친근하게 '너'라고 호명하면서 시작되는 것이 이 시이다. 이와 동시에 그는 파주라는 지역과 관련해 떠오르는 이미지를 하나씩 제시한다. 우선은 이 파주라는 지역에서 "임진강변으로 군대 갔던 아들 면회하고 오던 길"부터 떠올린다. 물론 이는 파주가 이 나라의 분단과 밀접한 관계가 있는 지역임을 상기시키기 위해서이다. 그러한 다음에는 "철책선을 훌쩍 넘어가"고 "철책선을 훌쩍 넘어오"는 새떼들을 떠올린다. 물론 이때의 새떼들은 자유를 상징한다. "새떼들은 파주에서 일산도 와보고 개성도 가보겠지/거기만 가겠어/전라도 경상도를 거쳐 일본과 지나반도까지도 가겠지" 등의 구절이 이를 잘 말해준다. 이어 시인은 새떼들이 "황해도 평안도를 거쳐 중국과 소련을 거쳐 유럽"까지도 가보리라고 생각한다. 새떼들의 자유와 자신의 부자유를 이렇게 비교하던 시인은 마침내 저 자신을 비롯한 이 땅의 사람들에게 새떼들이 "한심한 바보들/자기 국토에 가시 철책을 두르고 있는 바보들"이라고 하며 "비웃겠지 놀리겠지"라고 생각한다. 급기야 시인은 새떼들이 "얼마나 아픈지/자기 허리에 가시 철책을 두르고 있어보라지"라고 할 것이라 생각한다. 시인은 지금 휴전선 근처의 파주라는 소도시와 그곳의 새떼들을 통해 이 나라의 분단 현실을 거듭 강조하고 있는 것이다. 이어지는 구절의 "이러면서 새떼들은 세계만방에 소문 다 내겠지" 등도 다 분단된 이 나라의 부자유를 강조하기 위한 표현이라고 할 수 있다. 이 시의 말미에 시인이 "철책선 주변 들판에 철새들이 유난히 많은 이유를 알겠군/자유를 보여주려는 단군할아버지의 기획이 아닐까"라는 구절을 덧붙인 것도 이와 무관하지 않다. 아, 우리나라는 언제나 분단을 극복하고 진정한 해방을 맞을 것인가. (c)

연금술사 2

권대웅

불을 삼킨 바람이 흙을 달구고 있다
낮에는 뜨겁고 밤에는 차가운 혀가 닿을 때마다
흙으로 덮인 두꺼운 눈꺼풀이 열리고 있다
석 달 열흘 불꽃과 얼음 속을 오고 가며
피어나는 꽃이여
구름 속에서 망치질 소리가 들린다
뜨거운 불의 비가 내린다
온몸이 달아오른 나무들이
비에 타들어가며 가쁜 숨을 몰아쉬다가
초록 울음소리를 뱉는다
불 속에서 태어나는 울음은 기억을 지운다
까맣게 타버린 저편은 손을 놓치듯 떠나고
첫 눈물이 불씨가 되어 숨을 틔운다
풍로가 타오르듯 더운 바람이 불고
세상은 다시 시작되고 달구어진다
불을 갖고 있는 그대여
숨을 들이쉬고 내쉴 때마다
뜨겁고 아름다운 불을 가진 그대여
그 불로 사랑을 하고 미더운 마음을 만들고
영혼의 눈동자를 켜는 것이다
지금 살아 있는 것들은 타오르고 있는 것이다

(『미네르바』 2015년 겨울호)

'연금술'은 비록 무모한 시도에 불과했으나 철이나 납 등을 귀금속으로 변화시키려는 화학 기술을 일컫는다. 시인은 연금술에 예술작품 창작을 비유하여 그 과정에서 겪는 고뇌와 열정 등을 보여주고 있다. 화자는 "불을 삼킨 바람", 즉 뜨거운 상상력으로 자연물인 흙을 소재로 삼아 창작을 시도하고 있다. 새로 완성된 예술품은 흙을 석 달 열흘 동안 뜨겁게 달구고 얼음으로 식히는 고된 작업 끝에 "피어나는 꽃"이다. 그러한 창작 과정은 고통스러워 우는 "울음"이 아픈 "기억을 지우고", "눈물이 불씨가 되어 숨을 틔우는" 치유와 승화의 길이다. 소재에 망치질을 하고 "불의 비"를 내리듯 상상력을 더함으로써 자연물은 변용되며 새로운 미적 생명력을 발휘한다. 나무들이 타들어가서 "초록 울음소리"를 뱉는 것처럼……. 그렇게 새로운 상상의 세계를 창조하는 "아름다운 불을 가진 그대", 예술가는 뜨거운 사랑과 "미더운 마음"을 갖고 "영혼의 눈동자를 켜는" 연금술사나 다름이 없다. (b)

보수공사 중

권혁수

싸늘하게 맑은 초겨울 하늘이 내려다보고 있다

나는 보수공사 중

온 몸뚱이가 뿌리 없는 나뭇등걸 같다
창문엔 커튼이 쳐져 한낮에도 생각이 어둡다
커튼을 걷고 안경 유리를 닦아보고 둑이 무너진 뱃살에 지방을 제거하고 얼굴 주름에 보톡스를 주사하고 백발을 파마한 후 염색하고 구멍 난 뼈 마디마디마다 시멘트를 부어본다

시멘트가 마르려면 달포가 걸린다
애초 시방서에 누락된 것은 없다
시공이 게으를 뿐

어디서부터 손을 대야 할까
난감하다

보수공사는 비가 와도 멈추지 못한다 그러나
언젠가 중단될 것이다 나 모르게

휴식 시간이 너무 길어 완성하지 못한
나의 하루가 비어간다

어둠이 하늘을 가려준다
닫힌 창문 틈으로 반달이
보수공사장을 들여다보고 있다

(『월간문학』 2015년 3월호)

화자는 자신이 처한 상황만큼 싸늘한 "초겨울 하늘" 아래서 "뿌리 없는 나뭇등걸"이 되어버린 자신의 "보수공사"를 시도한다. 넘치는 뱃살, 주름진 얼굴, 백발, "구멍 난 뼈" 등……. 이미 낡아 허물어져가는 건물이 된 자신의 형상을 돌아보고 새로운 출발을 위해 고쳐보려 한다. "시방서에 누락된 것은 없"으나 이미 고달픈 삶에 허물어진 부분이 많아 "어디서부터 손을 대야 할까" 난감할 뿐이다. 아무런 사전 준비도 없이 갑자기 명퇴 통보를 받았을지도 모를 화자는 깊은 절망감을 드러낸다. 그리고 하는 일 없이 고민만 하다가 긴 하루를 보내고 나서 어두워지는 하늘을 본다. 자신의 답답한 처지처럼 "닫힌 창문 틈"으로 보이는 "반달"은 그것을 보고 있는 화자의 모습이나 다름이 없을 것이다. (b)

남미 기행

권혁웅

생후 두 달 된 딸아이의 볼에 손바닥을 대보다가
판게아를 떠올린다
판게아는 3억 년 전 모든 대륙이 하나였을 때
그 대가족을 부르는 이름,
긴 세월 이합집산을 반복하다가 지금의 일곱 식구가 되었다지
남미의 동쪽 해안선과
아프리카의 서쪽 해안선이 일치하는 것도 이 때문이라지
인류의 기원은 아프리카라고 하니
이 손바닥은 아비의 것이 맞겠다
움푹 들어간 장심(掌心)을 아비의 마음이라 불러도 좋겠다
손은 오랜 세월을 기다려
대서양을 건너
딸의 통통한 볼에 가닿으려 했구나
아비가 품은 사막은 넓고
아비는 점점 말라갈 테지만
너는 그 황사를 받아서 무럭무럭 크겠지*
저 볼이 숨기고 있는 아마존,
그 광대한 물길의 초입에는
아프리카의 해안선을 밀어내고 틈틈이
엄마가 접안을 시도한다
아이는 그렇게 페루처럼 높아지거나
칠레처럼 키가 자랄 것이다

* 사하라 사막에서 날아온 모래먼지에는 식물의 성장에 꼭 필요한 인(P)이 다량 함유되어 있다. 아마존 강 유역의 폭발적 성장은 이 때문으로 알려져 있다.

(『유심』 2015년 8월호)

어린아이들에게는 시인이 들어 있어 뛰어난 상상력을 발휘하곤 한다. 또한 시인들에게는 어린아이가 들어 있어 천진한 상상력을 드러내곤 한다. 아이를 키우는 시인은 아이와 함께 또 한 번의 생애를 반복하며 별별 새로운 상상력을 분출하게 된다. 육아의 과정이 신비와 경이의 연속이기 때문이리라. 이 시의 화자는 생후 두 달 된 아기의 볼에 손바닥을 대보다가 엉뚱하게도 판게아를 떠올린다. 지도를 가만히 들여다보면 각 대륙의 해안선들이 이웃한 퍼즐 조각처럼 잘 들어맞게 생긴 것을 볼 수 있다. 이런 생각에 착안하여 독일의 알프레트 베게너는 1915년 대륙이동설을 제시하였다. 그는 현재의 대륙이 갈라져 나오기 전 가상의 원시 대륙을 판게아라고 이름 붙인다. 아기의 볼에 착 붙는 손바닥을 보면서, 이 시의 화자는 판게아처럼 하나였던 몸이 분화되는 과정을 연상한다. 이제 아비의 몸에서 떨어져나온 아이는 점점 칠레처럼 길쭉하게, 페루처럼 높다랗게 자라날 것이다. (d)

기타 고양이

길상호

길 잃은 아기 고양이는
기타 속에 들어가 몸을 눕혔다

끊어진 바람을 묶어 새벽이
다시 골목을 조율하기 시작했다

현악기 속의 관악기가 야아옹
울음 밖의 음악이 야아옹

울림통이 깨진 기타와
눈만 살아서 두려운 고양이가 만나

서로의 악보 속 사라진 음표를
다시 그려 넣는 것인데,

늘어진 탯줄과 기타 줄을 엮어
이어가는 연주를 듣다가

음계를 잃어버린 골목의 계단도
조금씩 술렁이기 시작했다

(『문학의식』 2015년 봄호)

"길 잃은 고양이"와 "울림통이 깨진 기타"가 만나 새로운 음악을 만들어낸다는 것은 절망이 희망으로 역전된 셈이다. 그 고양이는 주인에게 길들여진 채 살고 있다가 스스로 "기타 속"을 새로운 거처로 선택하고 기타는 고양이의 "늘어진 탯줄로 기타 줄"을 엮어 새로운 악기가 되었다. 이제 둘이 만나 자신들의 "악보 속 사라진 음표를/다시 그려 넣"고 고양이 울음은 탯줄을 타고 기타 줄을 울리며 새로운 감동을 주었을 것이다. 이전에 고양이와 기타가 각자 울리던 소리, 그 "끊어진 바람"이 "울음 밖의 음악"으로 변해 어지럽던 "골목을 조율"하게 되었다. 그 음악이 흐르는 골목의 계단도 잃어버린 음계를 찾아 기쁨에 술렁이기 시작했을 것이다. 그렇게 시인은 아름다운 음악, 예술작품이 어떻게 창조되며 세상을 변화시킬 수 있는가를 기발한 상상으로 보여주고 있다. (b)

금

김경후

금 간 것들은 헤어지지 않는다
한밤 버스 정류소
우리가 기댄
갈라진 유리 안내판처럼
이미 금 간 것들은 헤어지지 않는다
서로 가슴을 긋고 베어도
금을 버티고
금을 넘지 않는다
무너지지
그래
부서져 쓰러지지
그래
내가 갈 노선과 네가 기다린 시간
내가 도착할 수 없는 마음과
네게 되돌아오는 마음 사이
굵은 금과 깊은 금 사이
무너진다고
잃었다고 헤어지는 건 아냐
금 간 사이가 자랄 뿐
황금 덩어리처럼 금을 키우고 금을 지킬 뿐
금 간 것들은 헤어지지 않는다

(『시에』 2015년 여름호)

헤어져 다른 노선으로 가기 위해 한밤에 버스 정류소에 나온 "우리"가 잠시 기대고 있던 "갈라진 유리 안내판처럼 금 간 것들"은 이미 금이 벌어져 있으나 "헤어지지 않는다". "금을 버티고/금을 넘지 않"으며 그 자리에서 무너지거나 부서져 쓰러질지라도 함께 있다. "내가 갈 노선"이 다르고, 네가 기다리는데 그 시간에 도착할 수 없던 내 마음이 변해 되돌아오지만 이미 굵고 깊게 간 금은 그 사이가 자랄 뿐 헤어지는 것은 아니라는 것이다. 서로 욕망이 다르고 완전한 전체가 될 수 없으니 '우리' 사이에 금이 있고 그것이 자라는 것은 필연적이라는 것일까. 아니면 비록 현실에서 서로를 "잃었다"고 하지만 마음은 "헤어지는 건 아"니라고 스스로 위로를 하는 것일까. 아무튼 '너'와 '나'가 서로 다름을 인정하면서 "금을 키우고" 지키는 게 헤어지지 않는 비결인지도 모른다. (b)

모래 마을에서

김광렬

바람이 거센 날은 바람이
바닷모래를 마을로 퍼 올린다
모래는 낙엽처럼
이곳저곳을 휩쓸고 다닌다
그래서인가
그 바닷가 마을이 온통
모래에 파묻힌 것 같다
눈 속을 뚫고 걸어갈 때
눈썹에 고드름 맺히듯
집 이마에도 가지런히
모래 고드름 매달린 것 같다
모래는 콧구멍, 입 뚫고
핏줄기를 타고 온몸 구석구석
서걱서걱 휘파람 불며
휘젓고 다니는 기분이다
도대체 그 마을에서
어떻게 살아가나,
그래도 사람들은 살아간다
모래를 헤집고
모래 속으로 파고들며
사생결단을 내고야 말겠다는 듯
집요하게 뿌리를 내린다

(『제주작가』 2015년 겨울호)

거센 바람이 모래를 퍼 올려 이리저리 날리는 "모래 마을"은 우리가 살아가는 세상을 상징한다. 민주주의가 후퇴하고 법치주의가 무너지고 경제 민주화가 이루어지지 않고…… 세월호 참사, 비정규직 1천만 명의 시대, 한국사 교과서 국정화, 정권의 시녀로 타락한 언론들…… 총체적인 난국이다. 사람들은 정치적으로 경제적으로 소외되어 희망을 갖기가 어렵다. 마치 "그 바닷가 마을이 온통/모래에 파묻힌 것"같이 앞날이 보이지 않는 것이다. 그리하여 "도대체 그 마을에서/어떻게 살아가나" 하고 절망한다. "그래도 사람들은 살아"가는데, 그것이 민중들의 끈질긴 힘이고 생명력이다. 민중들은 모래가 날릴 정도로 암담한 세상에서도 자신의 삶을 포기하지 않는다. 오히려 "모래를 헤집고/모래 속으로 파고들며/사생결단을 내고야 말겠다는 듯/집요하게 뿌리를 내린다". 민중들이 역사의 주인이라고 하는 말은 결코 틀린 것이 아니다. (a)

손님별

김규화

서호주 갈반스고지를 찾는
내 두 눈에서 갑자기 질소가 빠져나간다
십칠만 년 전에 자폭한 별 하나가
이제야 손님이 되어 지구에 도착했단다
마젤란에게 뱃길을 찾아주고
대지의 밤하늘을 환히 비추는 손님이라고 한다
땅 위에 마중 나온 수많은 눈망울들은 빛을 잃고
태양보다 눈부신 청맹과니가 된다

서호주 갈반스고지에 모여
십칠만 년 동안 움쩍 않고 살던 바위들이
가만가만 움직여 나에게 말을 걸어온다
햇빛을 등에 업은 희붐한 시간들이
날개를 파닥이며 손님이 왔다고 웅웅거리다가 되돌아간다
대지는 모락모락 아지랑이를 피우고
아지랑이 바구니에 가득 담긴 숲의 끝에서
둥근 바다가 해변을 끼고 돈다

바다로 기어나가던 거북이 한 마리가
모래사장 한가운데서 맨 처음
목을 길게 뽑아 소리 한 번 크게 지른다

(『시문학』 2015년 5월호)

화자가 "서호주 갈반스고지"를 찾아가서 앞이 보이지 않는 난감한 경험을 한다. 그 까닭은 "십칠만 년 전에 자폭한 별 하나가 지구에 도착했"기 때문이다. 그 '손님별'이 도착하자 화자뿐만 아니라 "땅 위에 마중나온 수많은 눈망울들은 빛을 잃고" 모두 "청맹과니"가 되고 말았다. 그러나 그곳에서 "십칠만 년 동안 옴짝 않고 살던 바위들"이 말을 걸어오고, 대지는 아지랑이를 피우고, "숲의 끝에서/바다가 해변을 끼고" 도는 것을 본다. 또한 "바다로 기어나가던 거북이 한 마리"가 경이로움에 "처음으로 소리 한 번 크게 지른다". 영원한 천상적 가치를 상징하는 '손님별'을 보고 청맹과니가 된 화자를 비롯한 사람들과 달리 자연물들은 십칠만 년 동안 자리를 지키며 '손님별'을 기다리고 있었던 것이다. (b)

솔개 신화

김금용

몇 날 며칠을 너럭바위에 부딪치며 낡아 구부러진 부리를 부수는 늙은 솔개 한 마리, 윤기 없는 깃털, 무뎌진 발톱까지 다 뽑아낸다 40여 년 가파른 산정과 거친 광야를 넘나들던 하늘의 제왕이 다시 30년 새 생명과 젊음을 얻기 위해 자신의 몸을 스스로 탈바꿈하는 것, 자신의 생살을 뜯어내고 부리와 발톱을 부수며 자기와의 싸움을 극복하려는 그는 일념의 도전자, 새 시대의 혁명가

나이를 앞세워 스스로 날개를 접지 말라고
무뎌진 부리와 발톱을 앞세워 구걸하지 말라고
부활을 믿지 않는 사람들 머리 위를 맴돌며
오늘도 피 묻은 발톱을 세워 신화를 쓴다

(『문학선』 2015년 가을호)

40여 년 힘겹게 날며 살아온 "늙은 솔개"가 온몸으로 다시 신화를 엮어간다. "낡아 구부러진 부리를 부수"고, 깃털과 발톱을 스스로 뽑아내며 자신에게 고통을 가하는 게 어리석게 보일지도 모른다. 그러나 그것은 탈바꿈을 하여 거듭 태어나려는 자신을 향한 도전이다. 그 솔개는 일터에서 물러났으나 절망이나 안일에 빠지지 않고 "30년 새 생명과 젊음"을 다시 찾아 새로운 삶의 길을 열어가려는 "혁명가"의 결의를 대신 보여준다. 요즘 우리 사회에서 의학이 발달되고 삶의 환경이 개선된 덕에 평균수명이 연장되어 노후 생활 문제는 개인만이 아니라 사회적 문제로 등장했다. 솔개는 그러한 현실 속에 처한 은퇴자들의 머리 위를 날며 "부리와 발톱을 앞세워 구걸하지 말라"고 말없이 부활의 메시지를 전하고 있다. 솔개는 죽은 후에나 부활을 하는 게 아니라 사는 동안 부활을 하는 불사조나 다름없다. (b)

사람의 반경

김나영

사람 관계가 고산준령이다 첩첩산중이다
피로 나눈 관계든 정으로 맺은 관계든
이해의 협곡과 타산의 습곡 사이
아슬아슬 곤두서는 감정의 도그마
마주 보고 웃고 있어도 속을 알 수 없는
사람만큼 고단하고 피곤한 산이 없다
사람을 피해 나 홀로 산행 길에 오른다
비 온 직후 산길 초입에 인적이 뜸하다
사람들을 벗어나자 피곤이 푹 익은 감자 껍질처럼 벗겨진다
이 무주공산 어디쯤 야트막한 처소 한 채 짓고
진달래며 다람쥐랑 이웃하고 고요를 들이고 살면
나는 사람들 그리워하는 사람이 될까
무인사(無人寺)는 아직도 멀었는데
편해야 할 산행이 슬그머니 가팔라지기 시작한다
인간을 피해 온 산행이 2시간도 채 지나지 않아서
킁킁 인간의 자취를 그리워하고 있다?
그때 산모퉁이에서 한 사람이 나타난다, 순간
반갑다, 싶은 마음에 백지장 같은 공포가 덮친다
몇 년 전 이 산 계곡에서 살인 사건도 일어났다는데
앞에서 걸어오는 사람 인상착의부터 살피게 되는데
사람이 나타나지 않아서 불안하고
사람이 나타나도 불안해지는 산길,

나는 어디서 어디로 도피 중이었을까
발길 되돌려 오던 길 다시 내려간다
인간 비린내가 진동하는 습속
징글징글한 나의 적소를 향하여

(『불교문예』 2015년 여름호)

시인은 "사람 관계"를 원만하게 이룬다는 것이 "고산준령"을 넘거나 "첩첩산중"으로 들어가는 만큼 어렵다고 고백한다. 사람은 개별적 존재라서 서로 욕망이 달라 이해타산을 따지면서 "감정의 도그마"에 빠지기 쉽기 때문일 것이다. 그런데 사람을 피해 "무인사"를 향해 산행 길에 오르다 "인적이 뜸"해지면 잠시나마 "피곤이 잘 익은 감자 껍질처럼 벗겨"지는 걸 느낀다. 그러나 곧 산이 가팔라지고 "2시간도 채 지나지 않아서" 인간을 그리워하는 까닭이 무엇인가. 그 순간 산모퉁이에서 사람이 나타나니 반가운 심정도 잠시뿐 공포가 밀려오고 만다. 사람을 만나도 불안하고 "사람이 나타나지 않아도 불안해지는 산길"을 오르던 발길을 되돌려 인간 세상 속의 "적소"를 향해 가고 있다. 결국 사람이 살고 있는 반경은 "사람 관계"를 벗어날 수 없는 것이다. (b)

하마

김명인

출렁거리는 뱃살이 힘의 창고가 아니라면
힘은 어디에 저장되는가?
링 위에서 덩치 큰 사내 둘이 서로를 치고받으며
조금씩 기진한다, 상대에게 기대기도 하면서,
주저앉으려는 바닥을 일으켜 세우려고
링 아래서 악악거리는 저 땅딸보가 감춰진 실세일까?

힘은 통뼈 속에 숨겨져 있다, 아닐까?
나는 대학생이고 어머니가 건오징어 도매할 때였지
남대문 중개 시장에서 만난 깡마른 노인,
몇백 킬로 마른 오징어 짝을 사뿐히 어깨에 얹었는데
기운을 조섭해 뼈를 세우는 게 요령이라고
그 요령 숨겨놓고 혼자 써도
그는 넉넉한 품세는 아니었다

누구 앞에서나 으르렁거리는 덩치 큰 하마를
회칼로 저몄다는 깡마른 정장,
세단이 멈춰 서자 작달막한 바바리 앞에
허리가 꺾이도록 굴신한다, 도열한 검은 정장 사이로
내딛는 저 구두가 힘의 본부일까?

과시가 아니라면 힘은 나타날 필요가 없다, 덤불 뒤에

숨어 있다 갑자기 출현하는 사냥꾼을
늪가의 하마들이 알아차렸다 해도
진흙탕 뭉개며 뒹구는 산만 한 덩치들이
제 멸종의 시간표를 알까? 장갑 말고 감춰진
손이 만지작거리는 스톱워치를!

(『세계의문학』 2015년 가을호)

보이지 않지만 강력하게 작동하는 힘의 근원을 묻는 시이다. 힘이 덩치와 비례한다는 생각은 쉽게 의심된다. 레슬링을 하는 남자들을 보자. 뱃살을 출렁거리며 치고받다가도 어느 순간부터는 싸워야 할 상대를 부둥켜안으며 안간힘을 쓴다. 승부는커녕 제 한 몸 가누지도 못하는 그들을 일으켜 세우는 것은 링 아래서 악악거리는 땅딸보다. 그러니 힘과 덩치는 비례한다고 보기 어렵겠다. 그렇다면 힘은 도대체 어디서 나오는 것일까? 깡마른 몸으로 커다란 짐짝을 나르는 사람들을 보면 힘은 통뼈 속에 숨겨져 있을지도 모른다. 힘이 보이지 않는 곳에 있으리라는 짐작은 여러 상황 속에서 확인할 수 있다. 힘자랑깨나 하는 덩치를 회칼로 단숨에 제압하는 정장 차림의 깡마른 사내를 보아도 그러하다. 힘이 덩치와 비례했다면 인간에게 지구의 패권을 넘겨준 공룡이나 조련사의 손길에 뛰어오르는 고래나 깡마른 정장에게 굴신하는 덩치들을 설명할 길이 없을 것이다. 선명한 영상적 이미지를 병치시키며 보이지 않는 힘의 근원을 향해 접근해가는 전개 방식이 흥미롭다. (d)

별세탁소

김민휴

아이파크가 앞을 가린 쪼그라든 동배마을 어귀에 그가 세탁소를 차린 것은 평수 넓은 아이파크 마나님 명품 옷을 세탁해주기 위한 건 아니었다. 고가의 드라이클리닝 기계를 사들여 마나님네 딸의 몽클레어를 손질하다 탈을 내 지청구나 듣고 쌩돈이나 물어주자고 한 건 아니었다. 돈을 벌어 무슨 영화를 누리자는 건 아니었다

옷감 천, 재봉틀, 규중칠우와 평생 벗해온 그다. 이제 그의 도력은 그만그만한 동네 장삼이사나 아이들의 옷을 세탁해 다릴 때, 옷 주인의 생업과 가족과 대소사를 훤히 들여다본다. 사람 좋은 아내는 해질녘 산책길에 저녁 찬거리로 부추꽃이나 수레국화를 따오리라. 이런 꿈을 꾼다고 하더라도 벌어먹자고 가게를 장만한 것은 맞다

그 옛날 해남읍내 화신라사에서 꿀밤 맞아가며 양복 일을 배울 때였다. 근처 노라노양장점에서 중고등학교 여학생 교복 치수를 재며 여사장님 곁에 붙어 있던 아내는 여고생만큼 애리애리했다. 결혼 뒤 서울 변두리와 위성도시 몇 군데를 전전하다 광주 구도심 산 밑 마을에 정착한 그, 세탁 일을 송충이 솔잎 여기듯 하며 살고자 한 것은 맞았다

처음 세탁소 이름을 지을 때, 그는 마누라가 걱정할 정도로 사나흘 끙끙대며 이름 짓기에 골몰했다. 동배세탁소? 운암세탁소? 행복세탁소? 명품세탁? 클린세탁소? 동네세탁소? 믿음세탁소? 소망? 사랑?

마침내 곧 빠개져버릴 듯한 머릿속을 한 줄기 살별같이 뭔가 긋고 지나갈 때 그는 허벅지를 탁 쳤다. 됐다, 은행나무세탁소!

무르익은 가을이어서 옛날 마을 입구였던 자리에 서 있는 은행나무 이파리는 온통 물이 들었다. 노오란 단풍은 보름달이 하늘에서 걸어 내려와 마을에 막 당도한 것처럼 보였다. 아이파크 꼭대기 위에서는 밤이 깊고 맑고 넓고 푸른 전설 지붕을 만들어놓고 있었다. 은행나무 빽빽한 황금 잎 사이로 별들이 섞여 쏟아졌다. 아, 별세탁소!

별을 좋아한 그, 결국 별세탁소 간판을 걸고 희망찬 첫발자욱을 내딛었다. 허! 한 달 뒤 아래쪽 큰길과 골목길의 모퉁이에 클린토피아, 대형 세탁 체인점이 쳐들어왔다. 식전 담배 버릇까지 도진 그, 꽁꽁 언 새벽, 옥상에 올라 팔 한 번 휘젓고 새벽별을 쳐다보다 느닷없이 동트기 전 깨달은 자처럼 외쳤다. 그래 이놈들아! 우리 집은 별세탁소다

(『푸른사상』 2015년 봄 · 여름호)

'별세탁소'와 관련해 전개되는 동화적 분위기를 짙게 간직하고 있는 해맑은 이야기시이다. 이 시의 서정적 주인공인 '그'는 "아이파크가 앞을 가린 쪼그라든 동배마을 어귀에" "세탁소를 차린"다. 그런 뒤에는 "세탁소를 차린" 이유라고 할 수 없는 것부터 나열한다. 이어 시인은 그가 "옷을 세탁해 다"리면서 "옷 주인의 생업과 가족과 대소사를 훤히 들여다"볼 수 있는 도력을 지니게 되었다고 말한다. "벌어먹자고 가게를 장만한 것은 맞"지만 한편으로는 "부추꽃이나 수레국화"를 즐길 줄도 아는 사람이 그이기도 하다. 3연에 이르면 얼마간 별세탁소의 주인인 그의 과거가 밝혀진다. 그는 "옛날 해남읍내 화신라사에서 꿀밤 맞아가며 양복 일을 배"운 사람이고, 그의 아내는 "근처 노라노양장점에서 중고등학교 여학생 교복 치수를 재"던 사람이다. "결혼 뒤 서울 변두리와 위성도시 몇 군데를 전전하다가 광주 구도심 산 밑 마을에 정착한" 것이 그들 부부인데, 시인은 그가 "세탁 일을 송충이 솔잎 여기듯 하며 살고자 한 것은 맞"다고 말한다. 4연에는 "처음 세탁소 이름을 지을 때" 그가 "이름 짓기에 골몰했"던 체험이 나열된다. 일단 그가 먼저 찾아낸 세탁소의 이름은 은행나무세탁소이다. 하지만 정작 그는 "은행나무 빽빽한 황금잎 사이로 별들이 섞여 쏟아"지는 것을 보고 '별세탁소'라고 이름을 짓는다. "별을 좋아한 그는 결국 별세탁소 간판을 걸고 희망찬 첫발자욱을 내딛"는데, 불과 "한 달 뒤 아래쪽 큰길과 골목길의 모퉁이에 클린토피아, 대형 세탁 체인점이 쳐들어"온 것을 안다. 별세탁소가 "대형 세탁 체인점"인 클린토피아와 경쟁을 하기는 근본적으로 난망하다. 마침내 "그는/꽁꽁 언 새벽, 옥상에 올라 팔 한 번 휘젓고 새벽별을 쳐다보다가 느닷없이 동트기 전 깨달은 자처럼" "이놈들아! 우리 집은 별세탁소다"라고 외친다. 지독한 경쟁 사회에서 결국 패배할 수밖에 없는 한 수공업자의 아픈 마음을 잘 드러내고 있는 시이다. (c)

삼십 분

김상혁

미친 아이가 집 앞에서 내게 말을 걸었다.
—나는 저기서 언덕을 밀고 있어요.
그래 나는 호의를 베풀려고 언덕이 얼마나 움직였는지 되물었다.
—어제는 십 분, 오늘은 이십 분을 밀었지요.
여름의 뜨거운 정오라서 먼 풍경은 흔들리고 있었다.
아이가 계속 잘하고 있었구나.
시간이 정말 흐르고 있겠구나.

(『무크 파란』 0001)

때때로 상식을 벗어난 이상한 행동이 진실하게 다가오기도 한다. 이 시에는 언덕을 미는 미친 아이가 등장한다. 아무도 상대를 해주지 않는지 아이는 다가와 먼저 말을 건다. "나는 저기서 언덕을 밀고 있어요"라고. 호응을 해주자 아이는 신나서 계속 말한다. "어제는 십 분, 오늘은 이십 분을 밀었지요"라고. 언덕 밀기는 아이의 중요한 일과일 것이다. 아이는 틀림없이 삼십 분 동안 열심히 언덕을 밀어 올렸을 것이다.

때로 미친 짓으로, 때로 바보 같은 짓으로 보이는 행동이 역사를 바꾸기도 한다. 중국의 유명한 고사 우공이산(愚公移山)에는 산을 옮기려 한 노인이 등장한다. 집 앞을 답답하게 가로막고 있는 산을 옮기려 하자 반대도 많았지만 결국 옥황상제까지 감동시켜 기주 남쪽에서 한수 남쪽까지 산을 없애게 되었다는 것이다. 인도에는 옥황상제의 도움도 없이 혼자서 산을 없앤 사나이가 있다고 한다. 1959년 집 앞의 돌산에 막혀 아내를 병원으로 빨리 옮기지 못하고 잃게 된 다슈라트 만지라는 사내는 그 후 22년간 돌을 쪼아 산에 길을 만들어 70km 돌아가던 길을 1km로 단축시켰다고 한다.

저 시 속의 미친 아이가 정말 언덕을 움직였을지는 몰라도 그가 언덕을 밀어 올렸을 삼십 분은 분명 그에게 아주 중요한 시간이었을 것이다. 미친 아이의 말을 귀담아 듣고 응원하는 마음에 시가 들어 있다. (d)

족두리풀꽃

김석환

그 마을엔 어둠이 양식이다

로마 기병들 말발굽 소리에
카타콤으로 숨어든 성도들
손가락 끝에 뜨는 좀별

광풍이 수시로 황사를 몰아오고
예보도 없이 봄눈이 흩날리는
지상은 싫어

아직도 얼어 있는 흙 속에서
푸른 귀를 세워 올리고
꽃잎을 열어보면

어디서 찾아온 개미 몇 마리
아직은 길을 나설 때가 아니라고
오래 꿈이나 꾸라고
밀어를 속삭이다 갈 뿐

얼마나 어둠이 깊어져야
지평선 넘어가던 님
아지랑이 앞세우고 오는가

족두리 곱게 눌러쓰고
빛 한 줄기 허락되지 않는
낙엽 더미 아래서
어둠을 반죽하여 종을 빚는다

*카타콤(catacomb): 지하 묘지로서 초기 그리스도교 공동체에서 카타콤은 매장을 비롯해 성인과 순교자에게 기도를 올릴 수 있는 사실상의 성소의 기능을 하기도 했으며 비밀 통로가 있어서 은신처로 이용되기도 했다.

(『시산맥』 2015년 가을호)

"족두리풀꽃"은 그리스 신화에 나오는 페르세포네(Persephone)가 연상된다. 페르세포네는 지하 세계의 왕인 하데스(Hades)에 의해 납치된 채 1년에 한 번만 지상으로 돌아올 수 있다. 그리하여 페르세포네는 메마르고 다갈색인 대지의 언덕을 넘어 지상으로 돌아오길 학수고대한다. "족두리풀꽃"이 기다리는 마음도 유사해 "아직도 얼어 있는 흙 속에서/푸른 귀를 세워 올리고/꽃잎을 열어"본다. 그러자 "어디서 찾아온 개미 몇 마리/아직은 길을 나설 때가 아니라고/오래 꿈이나 꾸라고/밀어를 속삭이"며 지나간다. 그리하여 "족두리풀꽃"은 어둠 속에서 지상으로 나갈 때를 기다린다. "얼마나 어둠이 깊어져야/지평선 넘어가던 님/아지랑이 앞세우고 오는가" 하는 마음으로 기다리는 것이다. 지상으로 돌아오려는 희망을 결코 포기하지 않고 준비하는 것이다. 그러므로 "족두리 곱게 눌러쓰고/빛 한 줄기 허락되지 않는/낙엽 더미 아래서/어둠을 반죽하여 종을 빚는" 모습은 처절하면서도 위대하다. (a)

무안 갯벌

김선태

세발낙지, 짱뚱어, 칠게, 석화, 꼬막, 바지락 같은 명사들과

드넓다, 질펀하다, 거무튀튀하다, 말랑하다, 짭조름하다 같은 형용사들과

기어다니다, 뛰놀다, 헤엄치다, 도망치다, 숨바꼭질하다 같은 동사들과

뻘뻘, 팔딱팔딱, 벌벌, 스멀스멀, 숭숭, 꾸물꾸물 같은 부사들이

함께 어울려 한바탕 걸판진 말들의 잔치를 벌이는

그 잔치판에 사람들을 아낌없이 초대하는

바다 생명들의 자궁

무안 갯벌

(『열린시학』 2015년 가을호)

대한민국 서남해안의 갯벌에는 참으로 많은 생물들이 살고 있다. 이곳은 말 그대로 식량의 보고이다. 대한민국 서남해안 가운데 무안 갯벌은 더욱 그렇다. 시인은 지금 자기가 살고 있는 곳에서 머잖은 무안 갯벌로부터 크게 깨닫고 발견하는 것이 있다. 그가 여기서 깨닫고 발견하는 것은 이들 생물, 이들 식량 자체만이 아니다. 그것들의 이름인 이 나라의 수많은 토착어들도 그가 여기서 깨닫고 발견하는 것들의 하나이다. 말에 대한 깨달음과 발견……. 우선 그는 깨닫고 발견한 "세발낙지, 짱뚱어, 칠게, 석화, 꼬막, 바지락 같은 명사들"을 제시한다. 그런 다음에는 "드넓다, 질펀하다, 거무튀튀하다, 말랑하다, 짭조름하다 같은 형용사들"도 제시한다. 또한 그는 "기어다니다, 뛰놀다, 헤엄치다, 도망치다, 숨바꼭질하다 같은 동사들"도 놓치지 않고 언급한다. 이곳 무안 갯벌에서는 "뽈뽈, 팔딱팔딱, 벌벌, 스멀스멀, 숭숭, 꾸물꾸물 같은 부사들"도 "함께 어울려 한바탕 걸판진 말들의 잔치를 벌"인다. 그가 보기에 무안 갯벌은 "걸판진 말들의 잔치"판인 것이다. "사람들을 아낌없이 초대하는// 바다 생명들의 자궁"인 이 "무안 갯벌"에서 대한민국 고유의 토착어들을 발견하고 깨닫고 있는 그의 마음이 매우 새로우면서도 따듯하다. (c)

보름달

김성규

할머니는 보름이면 달에 다녀왔다

절집 우물 속으로 달이 뜨고
할머니가 가져온 떡과 고기와
몇 잔 술을 마시는 아버지를 보며
나는 졸린 눈을 부볐다

은행나무 아래를 돌며 손바닥을 비비던 할머니
몇 조각 달빛처럼 은행잎 지는 날
어머니 뱃속에 달이 차올랐다
은행나무 뿌리가 배 위에
실금을 뻗는 소리
언니와 나는 엄마 배에 귀를 댔다

그날은 밤새 뒤척이며 꿈을 꾸었다
노랗게 밀려오는 파도를 밟고
식구들 모두 달 속에 걸어가고 있었다
둥글게 모여앉아
달 속에서 처음 박수 치며 웃는 소리

절집 처마 끝에 매달린 물고기가
달 주위를 돌며 춤을 추었다

(『문학나무』 2015년 봄호)

시적인 상황은 아들을 얻기 위해 달을 향해 빌던 주술 시대의 민간 신앙의 풍속을 신화적인 분위기로 그리고 있다. 할머니가 보름이면 절집에 가서 달을 향해 치성을 드리고 제물로 사용한 음식을 가져와 아버지가 먹는 것을 본 화자는 군침이 돌아 졸린 눈을 비빈다. 할머니가 탑돌이 하듯이 소원을 달에 전해주리라 믿으며 우주수(宇宙樹)인 은행나무 아래를 돌자 "달빛처럼 은행잎"이 떨어지며 응답을 해준다. 그리고 은행나무는 뿌리를 어머니 뱃속에 내림으로써 아들을 잉태시켜준 것이다. "언니와 나", 딸뿐인 집에 새로 아들이 태어날 것을 감지한 가족들은 기쁜 마음에 "달 속에 걸어가"며 박수를 치고 웃는다. "절집 처마 끝에 매달린 물고기"는 손주의 점지를 빌던 할머니를 비롯한 식구들의 기쁨과 소망을 상징적으로 보여준다. (b)

바닷달팽이

김수우

늙은 달팽이들 힘겹게 버스에 오른다
매달린 집도 삐딱하니 늙었다
공동어시장 충무동 새벽시장 자갈치시장, 남항(南港)의
비린 터널을 통과하는 30번 버스 안

닳은 관절로 끌고 온 검은 봉지들
비릿한 아침을 물컹물컹 쏟아낸다
온몸 발이 되어
엉금엉금 경사진 하늘을 끌고 가는 비린 몸뻬들

수직을 잊은 지 오래
하지만 쥐라기의 사랑을 잊지 않았으니

비늘로 된 집을 지고 초록 신호등 매일 기다리면서
시계집 정확당 철물점 대성건재 명성약국 차례로 지나면서
낯익은 지옥도 낯선 천국도 허공처럼 걸어
구부러지고 또 구부러진 몸

한 번도 배우지 못한 하늘의 섭리를 국밥처럼 먹는
떠난 자식 잊힌 안부를 슬리퍼처럼 끄는
저 수학적 기울기
비릿한 점액질에 묻어나는 비밀, 투명하다

무수한 찰나를 미끄러져
우리 앞에 닿은 별똥별

(『시산맥』 2015년 겨울호)

시인은 늙은 어머니들을 "달팽이들"에 비유하며 바닷가 근처 어항에서 보내는 고단한 일상과 그 속에서도 잊지 않은 모성애, "쥐라기의 사랑"을 보여준다. 관절이 닳았지만 "검은 봉지들" 속에 희망의 "아침"을 담아 와서 쏟아내는 "비린 몸빼들"은 삶의 짐에 짓눌려 "온몸 발이 되어" 죽음 쪽으로 기울어가는 인생길을 힘겹게 걸어가고 있다. 지옥과 천국을 오가는 듯한 곡절 많은 삶이지만 배운 바 없는 "하늘의 섭리를 국밥처럼 먹"고 살며 떠난 자식 안부를 걱정한다. 아프게 보낸 세월만큼 기울어진 몸으로 가파른 운명의 고갯길을 오르는 어머니들의 힘은 어디서 비롯된 것일까. 그 "수학적 기울기"의 비밀을 투명하게 풀어주듯 "무수한 찰나를 미끄러져" 우리 자식들 앞에 다가오는 어머니들은 빛을 내며 사라지는 "별똥별"처럼 비극적이고도 아름다운 존재들이다. (b)

아

김영승

아 소리는
누가 꼬집었든가
칼로 찔렸을 때밖에
내본 적 없는데

아
나는 보고 싶다는 말을 하고 있었군

각목으로
당구 마세 찍듯 찍혔을 때는
욱 소리를 냈었다
얼굴뼈가 무너졌었다

철갑(鐵甲) 같은 살구나무가 알았어 알았어
수피(樹皮)를 뚫고
싹을 틔우고
꽃을 피우는 것 같다

아 다음엔
이어지는 소리가 없어
좋긴 좋다

아 소리
낼 데 없으면

그냥 내보내면 된다

죽은 이들이
미소 짓는다 하여도

(『현대문학』 2015년 3월호)

'아'는 신음 소리이기도 하지만 감탄사이기도 하다. 물리적 충격이 가해졌을 때 나오기도 하지만 정서적인 충격이나 감탄과 함께 나오기도 한다. 그러고 보면 '아'로 표현되는 상황은 상당히 다양하고 폭넓다. 꼬집혔을 때나 칼로 찔렸을 때 그것은 부지불식간에 튀어나온다. 몸이 놀랐을 때 반사적으로 나오는 소리인 것이다. 의식이 작동하기 전의 무방비 상태에서 그 소리는 터져 나온다. 그렇기 때문에 대개는 몸에 가해지는 물리적 충격에 대한 반응으로 나오고, 정서적인 반응으로 나오는 경우는 흔치 않다.

이 시의 화자는 '아'가 몸이 놀라서 내는 소리일 뿐 아니라 마음에서 나오는 소리일 수도 있다는 새로운 경험에 대해 이야기하고 있다. 가격을 당한 것도 아닌데 '아' 소리가 저절로 흘러나오자 그 이유를 생각해보니, 그것이 "보고 싶다는 말"이었다는 것을 알게 된다. 그리움도 사무치면 마음을 쳐서 '아' 소리가 흘러나오게 만드는 것이다. 철갑 같은 살구나무가 수피를 뚫고 싹을 틔우고 꽃을 피우듯 보고 싶은 마음은 아무리 감싸고 있어도 기어이 솟구쳐 나오는 것이다. '아' 다음에 이어지는 소리가 없는 이유는, 그것이 설명할 수 있는 의식의 영역 너머 마음 깊숙한 곳에서 나오는 소리이기 때문이다. 이런 '아' 소리는 막을 수도 없으니 그냥 내놓으면 된다. 그 소리로 인해 오랫동안 꽁꽁 싸매두었던 그리움이 숨 쉬고 꽃피게 될 것이다. (d)

'먹다'에 빠지다

김예태

느닷없이 꽃나무와 채마밭이 찍소리 못하고 죽었다 포클레인이 먹어치웠다 지구의 얘기라고 들었는데 눈앞에서 일어났다

일을 마친 손가락이 펄펄 뛰는 광어와 도다리를 가리켰을 뿐인데 괴불과 멍게가 함께 죽어서 왔다 목이 잘린 꽃송이도 몇몇 둘러앉아 바들바들 떨고 있다

멍게를 집어들고 TV를 켠다
달이 해를 베어 먹고 있다 까만 피가 낭자하다 구름과 구름 사이 마블링 같은 혈관을 타고 해의 피가 번진다

아이들은 싸만코의 배를 갈라 하얗게 굳어버린 심장을 핥으며 깔깔거린다

"눈부신 햇살을 먹고 쓴물을 토하는 저 반역도들의 삼족을 멸하라"
산문(山門)이 열리고 머리채를 잡힌 해묵은 뿌리들이 뒤엉킨 채 끌려나온다
'씀바귀를 잘 먹으면 외가가 양반이야'
할머니의 양반타령을 씹는다 어금니에서 씹히는 말이 쓰디쓰다

베수비오 용암이 폼페이를 먹고 화산재를 토하는 악몽에 시달리는 밤이다

(『시문학』 2015년 7월호)

다양한 이질적 주체들의 파괴적이고 폭력적인 행위가 제시되는데 그것들은 모두 시 제목에 포함된 '먹다'라는 행위소를 공유하고 있다. 각 연에서 포클레인이 꽃나무와 채마밭을 먹어치우고, 일을 마친 손가락에 의해 광어와 도다리 그리고 괴불과 멍게가 죽고, TV 화면 속에서 달이 해를 먹고, 아이들이 "싸만코 배를 갈라 하얗게 굳어버린 심장을 핥"고 있다. 그 다양한 행위들은 모두 인간의 파괴적인 욕망을 반복적으로 암시하는데 그 주체들은 "눈부신 햇살을 먹고 쓴물을 토하는 저 반역도"와 유사성을 갖고 있다. 끝 연에서 "베수비오 화산이 폼페이를 먹고 화산재를 토하는 악몽에 시달리고 있는 밤"은 파괴적인 폭력이 만연된 시대를 상징한다. (b)

얼룩들

김왕노

나는 아버지 어머니가 떨어뜨린 얼룩이다. 장맛비 냄새나는 저 꽃도 뿌리가 허공으로 떨어뜨린 얼룩이다. 저 가로등 불빛도 얼룩이다. 큰 부분에서 떨어져 나와 만들어진 얼룩, 얼룩은 자라기도 한다. 꽃도 뿌리가 남긴 얼룩이므로 부풀어 피기도 하고 져서 지워지기도 한다. 박하 냄새 나는 저 별도 얼룩이다. 기어코 지워져버릴 얼룩, 얼룩엔 향기가 남아 있어 벌 나비가 날아들기도 한다. 거대한 얼룩 속에는 코끼리가 산다. 광장이 있다. 활화산이 있고 분화구가 있는 지구도 얼룩이다. 누군가 부끄러운 듯 황급히 지울 얼룩이다. 어떤 얼룩 속에는 여름방학이 있고 어떤 얼룩 속에는 곤충이 날아다닌다. 개울이 흘러가고 잊고 있던 버들치가 물을 거슬러 오르고 있다. 버들치는 여름밤에 꾸는 꿈이다. 사랑이란 얼룩 안에는 푸른 오르가슴이 표면장력을 가지고 파르르 떨고 있다. 미세한 것의 끝이 닿아도 터지는 습성을 가지고 있다. 얼룩 속에는 종마가 울고 북벌의 말 달리자는 아버지가, 말씀이 말 달리고 있다. 태양도 누가 우주의 모서리에 떨어뜨린 얼룩, 오늘은 이글거리고 있다.

(『시와 사람』 2015년 가을호)

이 시에서 시인은 우선 저 자신을 "아버지 어머니가 떨어뜨린 얼룩이"라고 상상한다. '얼룩'의 코드로 저 자신을 바라보고 있는 것이다. '얼룩'의 코드는 시인 자신에게로만 향해 있는 것이 아니다. 그는 "장맛비 냄새나는 저 꽃도 뿌리가 허공으로 떨어뜨린 얼룩이"라고 생각한다. 따라서 이 시는 현실적 경험보다는 그로부터 비롯되는 상상적 추상을 즐기고 있는 시라고 할 수 있다. 그가 "저 가로등 불빛도 얼룩이"라고 상상하는 것도 실제로는 바로 그 때문이다. 곧이어 그는 "꽃도 뿌리가 남긴 얼룩이므로 부풀어 피기도 하고 져서 지워지기도 한다"고 받아들인다. 이렇게 되면 얼룩은 다양한 상상적 유추의 징검다리로 존재하지 않을 수 없게 된다. "박하 냄새 나는 저 별도 얼룩이"라고 표현하는 것도 그러한 이유에서이다. 꽃도 얼룩인 만큼 시인으로서는 "얼룩엔 향기가 남아 있어 벌 나비가 날아들기도 한다"고 생각할 수 있으리라. 이윽고 시인은 얼룩을 자연 일반으로, 삶의 터전 일반으로 상상한다. 그가 보기에는 "거대한 얼룩 속에는 코끼리가" 살고, "광장이 있"고 "활화산이 있고 분화구가 있는 지구도 얼룩"인 것이다. 얼룩의 코드로 읽으면 얼룩 속에는 없는 것이 없다. 여름방학도, 곤충도, 개울도, 버들치도 살고 있는 곳이 얼룩이다. 얼룩이라는 기표를 통해 무수한 기의를 상상해내는 재미를 추구하고 있는 시, 그러니까 이 시는 일종의 말놀이 시이다. ⓒ

뿌리의 가문

김월수

꽉꽉 감추고 아래로만 내려갔지
갈라 터진 발바닥에서 소문이 새나가지 않게
냄새도 흘리지 않고
여미고 견디었지

얼마나 애를 썼는지
발톱 빠지는 줄도 몰랐지

흐르는 물처럼 발을 뻗어보면
하늘은 항상 높고
강은 멀었지

그래도 뻗어가는 것만이
가문을 지키는 길로 믿었지

심근성으로 깊게
천근성으로 넓게 뻗어갔지

큰일을 할 때만 뿌리를 보였지

(『시를 사랑하는 사람들』 2015년 7–8월호)

"가문"의 "뿌리"를 내리는 인간(특히 여성)의 생애란 "꼭꼭 감추고 아래로만 내려"가는 일이다. "갈라 터진 발바닥에서 소문이 새나가지 않게/냄새도 흘리지 않고/여미고 견디"는 일이다. 되돌아보면 "얼마나 애를 썼는지/발톱 빠지는 줄도 몰랐"을 정도이다. "가문"을 지키기 위해서는 자신의 육체와 정신을 헌신하지 않을 수 없다. "그래도 뻗어가는 것만이/가문을 지키는 길로 믿"고 밀고 나아간다. 마치 한평생 "뿌리"를 박는 전쟁을 치르는 나무와 같은 것이다. 나무는 "심근성"처럼 뿌리를 땅 아래로 뻗으면서 내려가 수분과 영양을 보충해 서로 키재기를 통해 일조량을 제한하며 경쟁하거나, "천근성"처럼 뿌리를 옆으로 퍼지면서 서로 경쟁을 한다. 인간이 "가문"의 "뿌리"를 박는 일도 그와 같아서 운명보다 처절한 것이다. (a)

적국의 여름

김유섭

내가 할 수 있는 일은
그늘에서 그늘로 옮겨 다니기.

다섯 번째 돌고 있는 소방서
버스 정류장 앞 5층 건물
바람이 흔드는
공원 플라타너스 이파리 그늘을 좋아하지.

아이스크림 가게 그늘막이나
동네 슈퍼 파라솔
끓어오르는 아스팔트 검은 열기는
떠도는 나를 녹일 듯 타오르고
보도블록에 발바닥을 덴 적 있지.

달리던 택시가 연기를 토하는 것 보았어.
8월인 거야,
아이가 얼음이 가장 빨리 녹는 달이라고 했지.

나에게 허락된 것은
그늘에서 그늘로 옮겨 다니기.

(『문학 에스프리』 2015년 가을호)

"8월"은 매우 더워 사람이 살기가 어렵다. "끓어오르는 아스팔트 검은 열기는/떠도는 나를 녹일 듯 타오르고/보도블록에 발바닥을 덴 적"이 있을 정도이다. 또한 "달리던 택시가 연기를 토하는 것 보았"을 정도이다. 그리하여 작품의 화자가 "할 수 있는 일은/그늘에서 그늘로 옮겨 다니기"나 "바람이 흔드는/공원 플라타너스 이파리 그늘을 좋아하"기일 뿐이다. 이와 같은 "8월"은 무엇을 상징할까? 사람이 살아갈 수 없도록 무덥다는 것은 결국 제대로 살아갈 수 없는 환경을 의미한다. 다시 말해 인터넷 신조어인 '헬조선(Hell朝鮮)' 또는 '지옥불반도'와 같은 환경을 상징하는 것이다. 신자유주의가 지배하는 지금의 사회는 지옥불이 타오르는 것과 같이 살아가기가 힘들다. 청년들은 노력을 해도 취업난을 벗어날 수 없다. 그런데도 기득권 세력은 그 어떠한 책임을 지지 않고 있다. 따라서 "나에게 허락된 것은/그늘에서 그늘로 옮겨 다니기"뿐이라는 화자의 자조적인 말은 슬픔을 넘어 분노를 일으킨다. (a)

일요일에 밥 먹는 일

김윤이

봉변이다
이사 와 한시름 놓나 했더니
오래 돌보지 않은 집에 팍, 정적이 찾아들었다
이깟 일쯤, 얕봤으나 오산이었다
광명전기 성신전기 무슨무슨전기 정북에서 남으로
땀 뻘뻘 흘리며 동네를 헤매도
상상외로 일요일 누전차단기는 하늘의 별 따기
마트는 휴무고 전파상은 지방 출장이라는 소리뿐이라
울화로 하늘에 대고 삿대질 피뢰침도 꽂을 것 같아
백보 양보해 더 가보자 했다

중도하차하지 않고
보초 근무하듯 지켜 섰다 출장 기사에게
20A 누전차단기를 구해 가는 길
한밤중 타일 짚고 화장실 갈 일이며
요란스레 울어대는 밥솥 꼭지는 뭔 수로 끄나
당장 낼 아침부터 떠들썩하게 씻는 건 또오, 어쩌나
딸려 나오는 구중중한 일상으로 어찔하여, 순간
무슨 생명에 지장 있듯 도리질하였다

마음 급한 눈치가 보였는지
전기 기사는 해봤어요 나 다시 출장인데 누가 달아요, 한다

사람 대접 못 받은 숙맥 같아
욱 하고 치미는 내 속의 목소리가
한 옥타브 올려 딱 잘라, 해보려고요 말했지만
지겹게 올려도 지겹게 떨어지는 누전차단기와
초저녁부터 배곯고 씨름하려니
혼자 해보이겠다 오기 부릴 계제가 아니었다
하나둘 동네 가로등 숱한 밤별로 뜨고
거침없던 자신감은 붙였다 또 떼었다

이런 공부 처음이야
빙충맞은 열등생 일없다
드디어 갈아 끼우고 풋내기 남자 기사 다 됐다
여벌의 나사 볼트로 날 교체했다
땀 닦고 한눈에 들어오는 별 보니 밤참 생각 간절하다
하아, 내일도 덥겠다

몸이 열 개라도 모자란 밥 먹는 일

(『신생』 2015년 겨울호)

작품의 화자는 이사 온 집에서 누전차단기가 떨어진 일을 겪는데, "오래 돌보지 않는 집"이기에 일어날 수 있는 일이다. 따라서 고치는 일도 쉬울 것이라고 생각했다. 그런데 "이깟 일쯤, 얕봤으나 오산이었다". "광명전기 성신전기 무슨무슨전기 정북에서 남으로/땀 뻘뻘 흘리며 동네를 헤매도/상상외로 일요일 누전차단기는 하늘의 별 따기"였던 것이다. 휴일이기에 "마트는 휴무고 전파상은 지방 출장이라는 소리뿐이"었다. 그렇다고 중도에 포기할 수는 없는 일. 전기가 들어오지 않으면 "화장실 갈 일이며" 밥하는 일이며 "아침부터 떠들썩하게 씻는" 일 등이 불가능하기 때문이다. 그리하여 "중도하차하지 않고/보초 근무하듯 지켜 섰다 출장 기사에게/20A 누전차단기를 구"했다. 한 번도 달아보지 않아 "전기 기사"에게 부탁하고 싶었지만 "출장"을 가야 한다기에 포기했다. 그리고 "혼자 해보이겠다"는 "오기"를 가지고 집으로 돌아와 "드디어 갈아 끼"웠다. 여성인 화자는 "풋내기 남자 기사 다" 된 것이다. 아직도 우리 사회에서는 여성이 "밥 먹는 일"이 결코 수월하지 않다. (a)

흑심

김은정

4B 연필을 깎으면서 생각한다.
이 흑심의 힘!

흑심이 아니라면 이 연필은 연장이 될 수가 없다.
다행히, 내가 깎는 이 연필 속은 흑심으로 가득 차 있다.
밖으로 나와서 뭔가를 보여주겠다는 의지와 내용이 있는 것이다.

그러므로 지금,
용틀임하는 나무 비늘 만들며 연필을 깎는 나는 목수,
연필 속에서 잠자던 위대한 흑심을 꺼내 보이겠다는 나는
미켈란젤로를 꿈꾸는 미켈란젤로.

이 흑심은 곧 백마 탄 다비드가 될 것이다.
훌륭한 약효를 지닌 유니콘의 뿔이 될 것이고
태양을 향해 질주하는 초음속 기차가 될 것이다.

이 좋은 세상의 밑그림도 이 흑심이 창조했고
나아가 더 좋은 세상 밑그림도 이 흑심이 낳을 것이니
흑심을 가져야만 고쳐 살거나 새로 이룰 수 있다.

그러니 그대도 짙은 흑심을 품어라.
참으로 현묘하고 유현한 색계를 지녀라.

(『시와표현』 2015년 5월호)

"흑심"의 동음이의어를 활용한 착상과 주제 의식이 돋보인다. "흑심"은 음흉하고 욕심이 많은 마음을 뜻하기도 하지만, 연필 속에 들어 있는 심을 나타내기도 한다. 연필심은 흑연 가루와 점토를 섞어 구워 만드는데, 색연필이 아닌 경우는 검기 때문에 "흑심"이라고 부르는 것이다. 시인이 "흑심"의 의미를 긍정하는 이유는 금기를 위반하기 때문이다. 다시 말해 지배계급이 정한 법이나 제도나 관습에 순응하지 않기 때문이다. "뭔가를 보여주겠다는 의지와 내용"을 추구하는 시인이 그 예이다. 실제로 "좋은 세상의 밑그림도 이 흑심이 창조했"듯이 "더 좋은 세상 밑그림도 이 흑심이 낳"는 것이다. "흑심을 가져야만 고쳐 살거나 새로 이룰 수 있"는 것이다. 금기를 위반하는 행동은 그만한 대가를 치러야 하기에 용기를 필요로 하는데, 시인은 "흑심"을 가졌기에 가능하다. (a)

조국

김이듬

몽뜨로이에 있는 한식당 테라스에서 우리는 아래를 보고 있었다
저녁이 와도 거리의 흑인 소녀들은 집으로 가지 않았다
행복한 사람은 없었다
북역에서 온 사내가 소녀의 손을 끌고 골목 안으로 사라졌다
우리는 그 시간을 기다리고 있었다 부모가 올 때까지 맡아두었으니까

지나가던 이가 우리를 향해 손을 흔들었다 웃으며 우리는 서양 남자들의 체취와 엉덩이에 관해 말하다가 담배를 꺼냈다
성냥은 젖어 있었다
행복한 사람은 없었다 부자이거나 잠시 기분 좋거나 웃을 뿐

네가 온다니까 내 애인이 좋아하더라
예쁜 친구를 애인에게 소개하는 것처럼 인천을 말하기도 그런지

갸엘은 그 바닷가에서 태어나 한국 나이로 세 살 때 입양되어 왔다
지금은 로망빌 도서관 사서로 일한다

우리는 웃지 않고 한국에 관해 한국어가 아닌 말로 말했다 태어났으나 가보지 못한 그곳의 기후와 쌀, 막걸리 등 끝없이 우리가 증오하지 않는 것들에 관해

나의 벗 나의 누이 갸엘에게 보여줄 것은 젖은 종이와 젖은 외투 속

성냥

꺼지지 않는 불꽃은 없다

부모도 벗들처럼 바뀌지만 아임낫띵 그 사실은 변하지 않아

구석에는 튀니지에서 온 이민자가 기타를 치고 있었다

갸엘과 나는 춤을 추지는 않았지만 입을 맞춘 후 아무 말도 하지 않았다

이 세상 어디에도 없는 행복한 음악이 아주 멀리 갔다

(『현대문학』 2015년 11월호)

한 편의 다큐멘터리를 보는 듯한 느낌의 시이다. 조국을 떠나와 타국에서 이방인으로 살아가고 있는 사람들의 처지가 처연하게 다가온다. 세 살 때 한국에서 프랑스로 입양되어 온 갸엘에게 조국은 어떤 의미일까? 부모조차 바뀔 수 있는 상황에서 바뀌지 않는 것은 "아임낫띵"이라는 처절한 실존의 확인이다. 갸엘과 한국에 대해 이야기할 때는 기후와 쌀, 막걸리 같은 "증오하지 않는 것들"만을 언급하고 만다. 자칫 치유할 길 없는 상처와 원망을 건드릴 수 있기 때문이다. 그런데 이런 불행은 갸엘의 것만은 아니다. 파리 역전의 뒷골목에서 집으로 가지 않고 서성이는 흑인 소녀들이나 골목 구석에서 기타를 치고 있는 튀니지에서 온 이민자도 의지할 만한 조국을 떠나 떠돌고 있는 것이다. 조국이란 그 밖으로 튕겨져 나왔을 때 비로소 느껴지는 존재의 기본적인 거처이다. 그곳을 떠났을 때 우리는 존재의 근원적인 고독과 상처를 맨살로 접하게 된다. 이 시에서는 이방인으로 느끼는 이질감과 고독을 몇 개의 인상적인 장면으로 실감나게 포착해내고 있다. 이방인에게 행복은 "젖은 외투 속 성냥"같이 힘겹게 켜야만 하는 것이다. (d)

저녁의 부력

김재근

1
물속 저녁이 어두워지면
거미는 지상으로 내려온다
자신의 고독을 찾아 천천히 그물을 내리는 것이다
미로 속, 미아가 되어
지구의 차가운 물속 저녁으로 눈동자를 풀어놓는 것이다

몸이라는 슬픈 악기
출렁이는 몸속 물의 음악

북극을 감싸는 오로라의 젖은 메아리처럼
허공에 매달려 시간이 무뎌질 때까지
거미는, 스스로를 배웅하는 것이다

2
비행운을 그리며 날아가는 영혼들

어느 물속에서 잠들까

태어나 처음 듣는 울음에 귀가 놀라듯
태어나 처음 보는 눈동자에 눈이 놀라듯

자신에게 숨을 수 없다

거미는

스스로의 몸으로
허공에 자신을 염하는 것이다

3
물속 지느러미처럼 느린 저녁이 오고
늦출 수 없는 질문처럼, 말할 수 없는 대답처럼,
스스로 듣는 거미의 잠
잠 속이 밝아 잠들지 않는데
눈알을 태우는 몸속 까마득한 열기, 들을 수 없다
촉수를 뒤덮는 시간, 머물 수 없다

어떤 부력이 저녁을 떠오르게 할까
허공의 기억만으로 흐려지는 여기는
누구의 행성인지, 대답할 수 없다
체위를 바꾼 기억이 없기에

몸속에 고이는 게 잘못 흘린 양수 같아
매일 젖은 몸을 말리며
매일 젖은 눈을 더듬으며
빈 허공을 깁는 것이다

거미줄에 닿아 식어버린 지구의 저녁
저녁의 부력이란 거미의 울음 같아 만질수록 쓸쓸하다

(『세계의문학』 2015년 여름호)

저녁을 딛는 거미의 발걸음처럼 섬세하기 그지없는 시이다. 거미의 동작을 통해 극미의 세계와 극대의 세계를 연결하는 상상력의 역동성이 두드러진다. 저녁의 물가에 드리운 거미줄에서 이처럼 풍부한 상상력을 자아낼 수 있다니! 저녁의 고요한 물가로 내려와 천천히 그물을 내리는 거미에게서 시인은 미로 속 미아를 본다. 차가운 물속에 비친 거미의 눈동자에서 고독의 깊이를 본다. 세상에 홀로 떨어져 나온 단독자로서 거미가 느끼는 두려움과 단절감이 절실하게 다가온다. "태어나 처음 듣는 울음에 귀가 놀라듯/태어나 처음 보는 눈동자에 눈이 놀라듯" 이 거미는 고독한 단독자로서 자신을 대면하고 있다. 거미에게 허공은 삶의 거처이자 죽음의 장소일 것이다. 거미줄은 생존의 도구이자 스스로 준비한 수의가 될 것이다. 젖은 몸과 젖은 눈으로 매일 허공을 깁는 이 거미는 시인의 영혼을 지닌 것 같다. 날마다 울면서 저녁을 펼치는 저녁의 사제 같다. 눈물 젖은 거미의 차가운 울음에 식어버린 지구의 저녁이라니, 낯설면서도 매혹적인 상상이 아닐 수 없다. (d)

허공의 아가들에게

김종태

꿈꾸는 아가들의 옹알이가 요람 안에 출랑거릴 때 허공은 무슨 까닭으로 이름 없는 아가들을 깨우는가 검은 모래바람이 은사시나무 가지를 덮어갈 때 허공은 이름 없는 아가들을 깨우는가 그 병든 가지마다 싹이 돋고 잎이 날 때 허공은 이름 없는 아가들을 깨우는가 사원의 잔해 사이로 전투기가 날아다니고 조종사의 헬멧이 폐허의 광장에 내동댕이쳐질 때 허공은 이름 없는 아가들을 깨우는가 그 몸속 폭탄이 불꽃놀이처럼 흩어져 애먼 몸들 산산이 멍빛으로 흩어질 때 허공은 이름 없는 아가들을 깨우는가 죽은 몸과 죽어가는 몸이 엉키어 천년의 탑을 쌓을 때 허공은 이름 없는 아가들을 깨우는가 창살 아래 갇힌 흰 살들이 기름을 머금고 타들어갈 때 허공은 이름 없는 아가들을 깨우는가 타들어간 연기가 굵은 핏줄이 되고 잘린 모가지가 되고 허공은 이름 없는 아가들을 깨우는가 자장가를 가득 실은 술 취한 배들이 암초에 좌초되고 허공은 이름 없는 아가들을 깨우는가 그 배에 묶어놓은 음표들이 밤바다에 흩어지고 허공은 이름 없는 아가들을 깨우는가 이름 없는 아가들이 오래전 잠들어 있었던 허공의 복수(覆水)가 넘실넘실 쏟아져 흐르는데 허공은 아침마다 흰빛으로 다시 살아나 그 무슨 까닭으로 이름 없는 아가들의 영원한 꿈을 이토록 세차게 깨우는가

(『문학과의식』 2015년 봄호)

"허공은 무슨 까닭으로 이름 없는 아가들을 깨우는가"라고 묻듯이 작품의 화자는 "아가들의 잠"을 지키려고 하고 있다. "아가들"이 평온하고 평화롭고 행복한 잠을 잘 수 있도록 보호해주려는 것이다. 그렇지만 그 소망은 이루어지지 않는다. 무엇보다 "허공"을 울리는 이 세계가 평화롭지 않고 불안하고 폭력적이기 때문이다. "검은 모래바람이 은사시나무 가지를 덮어"가고, "사원의 잔해 사이로 전투기가 날아다니고 조종사의 헬멧이 폐허의 광장에 내동댕이쳐"지고, "그 몸속 폭탄이 불꽃놀이처럼 흩어져 애먼 몸들 산산이 멍빛으로 흩어"지는 데서 여실히 볼 수 있다. "죽은 몸과 죽어가는 몸이 엉키어 천년의 탑을 쌓"고, "창살 아래 갇힌 흰 살들이 기름을 머금고 타들어"가고, "타들어간 연기가 굵은 핏줄이 되고 잘린 모가지가 되"는 데서도 마찬가지이다. "자장가를 가득 실은 술 취한 배들이 암초에 좌초되고", "그 배에 묶어놓은 음표들이 밤바다에 흩어지"는 데서도 볼 수 있다. 화자가 지키려고 하는 "아가들"은 무엇을 상징하는 것일까? 화자가 생각하는 순수일까? 미래일까? 평화일까? 화자 자신일까? 아니면 그 모든 것일까? (a)

눈썹이라는 가장자리
— 2015 봄

김중일

눈동자는 일 년간 내린 눈물에 다 잠겼지만, 눈썹은 여전히 성긴 이엉처럼 눈동자 위에 얹혀 있다. 집 너머의 모래 너머의 파도 너머의 뒤집힌 봄. 해변으로 밀려오는 파도는 바람의 눈썹이다. 바람은 지구의 눈썹이다. 못 잊을 기억은 모래 한 알 물 한 방울까지 다 밀려온다. 계속 밀려온다. 쉼 없이 밀려온다. 얼굴 위로 밀려온다. 눈썹은 감정의 너울이 가닿을 수 있는 끝. 일렁이는 눈썹은 표정의 끝으로 밀려간다. 눈썹은 몸의 가장자리다. 매 순간 발끝에서부터 시작된 울음이 울컥 모두 눈썹으로 밀려간다. 눈썹을 가리는 밤. 세상에 비도 오는데, 눈썹도 없는 생물들을 생각하는 밤. 얼마나 뜬눈으로 있으면 눈썹이 다 지워지는가에 대해서 생각하는 밤. 온몸에 주운 눈썹을 매단 편백나무가 바람을 뒤흔든다. 나무에 기대 앉아 다같이 뜬눈으로 눈썹을 만지는 시간이다. 겨드랑이나 사타구니의 털과 다르게 눈썹은 몸의 가장자리인 얼굴에, 얼굴의 변두리에 난다. 눈썹은 사계절 모두의 얼굴에 떠 있는 구름이다. 작은 영혼의 구름이다. 비구름처럼 낀 눈썹 아래, 새까만 비 웅덩이처럼 고인 눈동자 속에, 고인의 눈동자로부터 되돌아 나가는 길은 이미 다 잠겼다. 저기 저 멀리 고인의 눈썹이 누가 훅 분 홀씨처럼 바람 타고 날아가는 게 보이는가? 심해어처럼 더 깊은 해저로 잠수해 들어가는 게 보이는가? 미안하다. 안 되겠다. 먼 길 간 눈썹을 다시 붙들어 올 수 없다. 얼굴로 다시 데려와 앉힐 수 없다. 짝 잃은 눈썹 한 짝처럼 방 가장자리에 모로 누워 뒤척이는 사람. 방 한가운데가 미망의 동공처럼 검고 깊다. 눈물이 다 떨어지고 나자 눈썹이 한 올 한 올 떨어지기 시작한다.

그 사람의 가장자리에는 누가 심은 편백나무가 한 그루.

그 위에 앉아 가만히 눈시울을 핥는 별이 한 마리.

(『현대시학』 2015년 6월호)

때로는 직접적인 묘사보다 간접적인 묘사가 더 효과적인 표현이 되기도 한다. 이 시에서는 슬픔 때문에 일 년 내내 눈물에 잠겨 있던 눈동자보다 그 위에 얹혀 있던 눈썹에 대해 묘사하고 있다. "눈썹은 감정의 너울이 가닿을 수 있는 끝"이어서 감정의 극대치를 드러낸다. 눈썹까지 움직이는 슬픔이란 어떤 것일까? "집 너머의 모래 너머의 파도 너머의 뒤집힌 봄"의 기억은 여전히 눈썹까지 슬픔을 밀어 올린다. 몸의 가장자리에 놓인 눈썹조차 이 슬픔의 기운을 견딜 수 없다. 고인의 눈동자에서 홀씨처럼 흩어진 눈썹들, 기다리느라 뜬눈으로 있어 다 지워진 숱한 눈썹들을 주워 매단 편백나무가 바람을 뒤흔든다. 그 위에 "별이 한 마리" 앉아 눈시울을 핥는다. 편백나무 위에서 반짝이는 별의 모습을 참으로 따뜻하게 그리고 있다. 사람이 줄 수 없는 위로를 딱딱한 광물질이 주고 있는 것이다. 부디 이 별의 위로가 편백나무 이파리만큼이나 숱하게 빠져나온 눈물 젖은 눈썹들에게 큰 힘이 되기를. (d)

통일 전망대

김행숙

북한 땅을 보러 갔습니다.
보이지 않는 것을 보러 갔습니다.
사실은 찬바람을 쐬러 갔습니다.
우리는 소나타를 몰고 기분 전환을 좀 하자고 갔습니다.
저기가 북쪽이야, 누군가 말했습니다.
그런 말은 밤하늘의 별자리를 가리키면서 하는 말이 아닌가요?

그러자 당신은 폼을 잡으며 루카치의 글귀를 읊조렸어요.
"별빛이 갈 길을 환히 밝혀주던 시대는 얼마나 행복했던가."
이제 내가 말할 차례였는데요,
재치 있게 대꾸하고 싶었는데 그만, 에에에에-취 재채기가 터져 나왔어요.
그날 우리는 서로를 웃기려고 대단히 노력했어요.

(『문학동네』 2015년 봄호)

바람 쐬러 갈 수 있는 가장 가깝고도 먼 곳. '통일 전망대'에 가서 느낄 수밖에 없는 복잡 미묘한 심리가 담겨 있는 시이다. 그곳에 가면 북한 '땅'이 보인다. 그러나 사람은 잘 보이지 않는다. 통일에 대한 '전망'은 더더욱 보이지 않는다. 분단도 통일도 모두 사람이 했고 해야 할 일이지만, 사람은 보이지 않고 거대한 장벽만이 도사리고 있다. 그래서 그곳에 가면 답답하고 무거워지는 마음을 어쩔 수 없다. 오랜 분단 상황은 '북쪽'이라는 단순한 방위에 대한 의식조차 잠식해버렸다. 그곳은 "별빛이 갈 길을 환히 밝혀주던 시대는 얼마나 행복했던가"라는 루카치의 말이 무색해지는 장소이다. 애써 태연한 척해도 전혀 편해지지 않는 그곳에 기분 전환을 위해 가서는 안 된다. 통일 전망대가 주는 중압감을 심각하지 않게 가볍게 건드리면서, 오히려 그곳에서 느끼게 되는 어색함과 힘겨움을 통해 이 장소의 의미를 살려낸 재치 있는 시이다. (d)

공화국의 노란 새

김혜영

우산이 울었다
촛불이 흔들렸다
비가 내렸다
장화를 줄까
눈물이 말랐다
민들레가 날아올랐다

노란 바위가
바닥으로 떨어졌다

천사의 날개는 부서지고

공화국은 수장되었다
공화국의 푸른 깃발은 창백하고
유령들은 서울 공중을 떠돌고

국화가 울고
노란 새의 깃발은 어디쯤 오고 있을까

광장에서 바다로
바다에서 먼 대양으로

노란 종이배

왕정이 끝나도
유령은 이글거리는 눈빛으로
시민들을 삼켰다 뱉었다

노란 구름의 씨앗들이 쏟아지고
노란 우산이 울고 노란 촛불이 불타고

(『시와 경계』 2015년 가을호)

"노란 새" "노란 바위" "노란 종이배" "노란 구름" "노란 우산" "노란 촛불"에서 보듯이 "노란"색이 지배하고 있다. "노란"색은 햇빛에 가까운 색으로 편안함과 따뜻함을 준다. 그리하여 명랑, 쾌활함, 활동, 희망, 즐거움, 새로움 등을 의미한다. 2003년 노무현 정부가 개방적인 공동체주의를 지향하면서 창당한 '열린우리당'의 상징색이기도 하다. 위의 작품에서는 그 "노란" "우산이 울"고 "촛불이 흔들"리고 급기야 "노란 바위가/바닥으로 떨어졌다". 새롭고 깨끗하고 따뜻하고 잘살고 평화로운 사회의 가치가 탄압받고 있는 것이다. "공화국은 수장되"고 "공화국의 푸른 깃발은 창백"하고 "유령들은 서울 공중을 떠돌고" 있는 상황도 그러하다. 그렇지만 "시민들"은 "노란"색의 이념이나 가치를 포기하지 않는다. 오히려 "노란 구름의 씨앗들이 쏟아지"는 상황을 바라보면서 희망을 갖는다. "노란 우산이 울고 노란 촛불이 불타"는 상황에 다가가기도 한다. 민주주의가 무너진 상황에 맞서고 있는 것이다. (a)

리플리 증후군

김화순

이건 불안에 대한 방어야 내 삶의 조건이야
식별할 수 없는 보호색이야
내 기대와 애정의 탈출구야 눈속임이야
가면을 벗겨줘 숨이 차 나로 산 지 너무 오래됐어
엄마가 아는, 친구가 아는, 시인인 내가 나야?
너를 속였어도 죄책감은 없어
거짓말이 오늘의 나를 있게 한 거야
이건 욕망의 조건이야 미래에 대한 작은 위로야
목욕탕 거울 속 흐릿한 실루엣 너머의 나
작은 샘물을 보며 출렁이는 나
나는 거짓과 함께 진화하지
내가 쌓일수록 나는 명확해지고 목소리는 커지지
주위를 둘러봐 모두 자기 이야기만 하고 있어
그래도 내 코는 절대 길어지지 않아
이건 그냥 증상이야 거짓과 슬픔의 분화구야
상처 입은 나에게로 우회하는 통로야
시시각각 사라지는 말들의 무덤이야
구름으로 떠돌다가 비가 될,
이건 그저 삶의 조건이야 방어야 탈출구야 위로야 샘물이야
나에 대한 빨간 애정이야 성취로 남을
음모야

(『불교문예』 2015년 가을호)

'리플리 증후군(Riply Sydrome)'이란 현실을 부정하면서 실제로 존재하지 않는 허구의 세계를 진실이라 믿고 거짓말과 행동을 반복하는 병적 증후를 말한다. 그런데 인간은 정해진 문법에 따라 운용되는 언어 기호의 세계인 현실에서 늘 '불안'을 느낀다. 라캉이 "언어가 무의식의 조건"이라고 했듯이 인간은 "불안에 대한 방어"를 위해 무의식 속에서 "기대와 애정의 탈출구"처럼 욕망이 발동하며 환상을 만든다. 그러나 무의식적 환상이 현실에 진입하려면 규칙을 따라야 되니 왜곡될 수밖에 없다. 즉 적이 나타나면 "식별할 수 없는 보호색"을 띠고 생명을 보전하는 벌레들처럼 자신의 욕망과 다른 언어나 행동을 드러낸다. 알고 보면 현실 속의 '나'는 "실루엣 너머의 나"를 속이고 "거짓과 함께 진화"하며 살아가는지도 모른다. 그렇게 "눈속임"하는 화자뿐이 아니라 주위에 있는 "모두 자기 이야기만 하고 있"으니 환상은 오히려 진실하고 왜곡된 채 떠도는 "말들의 무덤"이나 다름없다. 따라서 인간은 누구나 욕망의 실재와 다른 거짓말을 하고 그런 남의 말을 듣고 판단하며 살면서도 무의식 속에서 환상을 만드는 "리플리 증후군"을 갖고 있는지도 모른다. 그것은 불안으로부터 자신을 지키고 독자적 목표를 성취하려는 "삶의 조건"이기 때문이다. (b)

서쪽 하늘

김효선

구름은 이별이 시작되는 곳
한쪽이 환해지면 다른 한쪽은 어두워지는
만년설 아래 북극곰과 물범의 거리
공장 굴뚝 붉은 이마를 꽉 채운 열아홉
얼마나 높아져야 언덕 벚꽃은 천천히 계절과 멀어지나
가도 가도 건너갈 수 없는 거리
훤히 들여다보이지만
익숙해서 헐거워지면 눈물을 주워 담는 법을 배울 것
코끼리가 커피콩을 먹고 커피콩은 다시
붉은 네 입속으로
그러나 그 밖엔 눈을 감을 것
너는 비어 있다고 쓰려는데 묵직한 게 만져진다
두통처럼 서서히 퍼지는 노을
명치끝이었다가 환한 옆구리였다가
보이지 않는 얼굴을 바꾸고
목소리를 바꾼다

세상에서 가장 비싼 커피 블랙아이보리
그곳엔 네가 살지 않는다

(『시와 사상』 2015년 봄호)

동쪽이 태양이 솟는 방향으로 탄생과 부활을 의미하고 색채로는 파랑이라면, 서쪽은 해가 지는 방향으로 색채로는 하양이다. 전통적으로 한국 사람들은 생활에서 해로운 것을 물리치고 복을 많이 받기를 바라는 마음에서 빨강이나 파랑(남쪽)을 선호했다. 대신 서쪽은 생리사별(生離死別)로 인식했다. 사람의 힘으로는 어쩔 수 없는 사별이나 헤어지지 않을 수도 있었으리라는 미련을 갖는 이별을 상징한 것이다. 위의 작품에서 "서쪽"에 정한(情恨)을 둔 것이 그 예이다. "구름은 이별이 시작되는 곳"이라거나, "한쪽이 환해지면 다른 한쪽은 어두워"진다고 인식한 것도 그러하다. 그리하여 "세상에서 가장 비싼 커피 블랙아이보리/그곳엔 네가 살지 않"고 오히려 "어두워지는" 그곳에 "네"가 있다고 노래한다. 이별의 아픔이 곧 사랑의 무게인 것이다. 사랑이 청결과 순결과 순수의 색깔이라면 "서쪽"의 색채(흰색)이다. 유한한 존재이기에 이별 또한 영원한 사랑인 것이다. (a)

생각에 잠긴 별

김후란

밤이 깊어지면서 더욱 빛나는 별
그러나 오늘은 온몸으로 신음 소리를 낸다
기억의 저편에서 걸어오는
지상의 이야기에 생각에 잠긴 별

지금 누군가가 울고 있다
이 세상엔 슬픈 일이 너무 많다고
아픈 사람 억울한 사람 배고픈 아이들
잔혹한 사건들도 끊이지 않는다고

오늘 밤 긴 팔을 내려
어깨를 짚어주는 별빛에 기대어
조용히 흐느끼는 이를 보면서
아름다운 초록별 행성 지구
인간세계 고통에 동참하는

위로의 벗이 되고픈 저 별

(『시인수첩』 2015년 겨울호)

"밤이 깊어지면서 더욱 빛나는 별"은 외면적으로는 아름답고 평온하지만 내면적으로는 "생각"이 많다. "온몸으로 신음 소리를" 낼 정도이다. 그 이유는 불행한 일들이 "지상"에서 끊임없이 일어나고 있기 때문이다. 실제로 "이 세상엔 슬픈 일이 너무 많"고, "아픈 사람 억울한 사람 배고픈 아이들/잔혹한 사건들도 끊이지 않"고 있다. 그리하여 "지금 누군가가 울고 있"는 것이다. "별"은 이와 같은 상황을 원망하거나 회피하지 않는다. 오히려 "오늘 밤 긴 팔을 내려" "울고 있"는 그 "누군가"의 "어깨를 짚어"준다. 그리하여 그 "누군가"는 "별빛에 기대어/조용히 흐느끼"며 새로운 앞날을 바라본다. 희망과 용기와 사랑의 마음을 다시 갖는 것이다. 결국 "지구"는 "인간세계 고통에 동참하"는 "위로의 벗"이기에 "아름다운 초록별 행성"이 된다. (a)

고등어 산다

나태주

맨드라미 피어서 붉은
9월도 초순의 저녁 무렵
제민천 따라서 자전거 타고
하루도 저물어 집에 가다가
간고등어 안동 간고등어
네 손에 만 원 외치는 소리
자전거 내려서 고등어 산다

집에 가지고 가보았자
먹을 입도 없는데 뭘
이런 거 사 왔느냐고 집사람
핀잔하고 외면할지 몰라도
어려서 외할머니 밥상에서
수저에 얹어주시던 고등어
문득 생각나서 고등어 산다.

(『시작』 2015년 겨울호)

나이가 들면 입맛도 늙는다. 무얼 먹어도 좀처럼 맛이 없다. 어린 시절 맛있게 먹었던 음식을 일부러 찾아 먹어봐도 그냥 그런 맛인 경우가 많다. 간고등어도 그렇다. 때는 "맨드라미 피어서 붉은/9월도 초순의 저녁 무렵"이다. 공주에 사는 시인은 "하루도 저물어" 그곳의 "제민천 따라서 자전거 타고" "집에 가다가" "간고등어 안동 간고등어/네 손에 만 원" 하고 "외치는 소리"를 듣는다. 문득 "자전거 내려서 고등어"를 산다. "집에 가지고 가보았자/먹을 입도 없는데 뭘/이런 거 사 왔느냐고 집사람/핀잔하고 외면할지"도 모른다. 그래도 맛있게 고등어를 먹었던 어렸을 때의 추억을 잊지 못하는 것이다. "어려서 외할머니 밥상에서/수저에 얹어주시던 고등어"를 잊지 못하는 것이 그이다. 나이가 들면 하루하루를 추억으로 사는가. 어쩌면 음식도 추억으로 찾아 먹는 듯하다. 사람들이 연로할수록 낯선 음식, 새로운 음식을 두려워하는 이유를 알 수 있을 것 같다. (c)

사막의 내력

남상진

아내의 뒤꿈치는 일기장이다
그것도 금이 쩍쩍 간 일기장
밤마다 낡은 펜대에 사포를 감아 긁어내는 발
살아온 이력이 빼곡하다
부슬부슬 떨어지는 고단한 생의 문장
분주히 걸어온 발바닥에 스민 상처도
그녀를 눅진하게 녹이지 못했을까
그녀의 발자국은 늘 건조하다
무릎걸음으로 그 발자국을 따라가면
발해만을 지나
몽골제국의 대평원을 지나
고비사막 어디쯤에서 별빛이 된다
부드럽지 못한 기억
한 입 모래알로 서걱거리는 땅
걸어온 시간이 사구처럼 솟구쳐 올라
시야를 가리는 그곳에서
아내는 발바닥을 깎아 일기를 쓴다
돌아갈 여력도 없이
자신을 소진해버리는 사람
새벽이 되어서야 당도하는 짧은 휴식의 땅
포근한 솜털의 밤이 느리게 찾아와
억만년 사막의 시간을 별빛으로 속삭일 때
그녀가 털어낸 뒤꿈치의 내력이
모래 바다로 출렁인다

(『리토피아』 2015년 봄호)

시인은 사막처럼 건조하고 금이 간 아내의 발바닥을 보며 "고단한 생의 문장"이 새겨진 "일기장"으로 여긴다. 그곳에서 상처받으며 "살아온 이력"을 읽다가 미안하고 존경스런 마음에 "무릎걸음으로 그 발자국을 따라가" 본다. 사막 위 어두운 하늘에 빛나는 "별빛"은 모래바람이 불며 시야를 가리는 중에도 아내로 하여금 그것을 이기게 하던 희망의 상징일 것이다. 이제 "자신을 소진"하여 젊은 날로 돌아갈 여력도 잃은 아내는 새벽에나 "짧은 휴식의 땅"에 이르러 "사막의 시간을 별빛으로 속삭이"는 밤의 소리를 듣는다. 시인은 가족을 위해 고난과 희생을 감내하며 살아온 아내에 대한 애틋한 정과 경의를 그녀의 사막같이 거친 발바닥을 묘사하며 암시하고 있다. (b)

서유기 3
— 오정(悟淨)

도종환

말없이 법사의 말이나 끌고
서쪽 십만억 불토(佛土)를 지난 곳에 있다는
정토(淨土)로 가는 소임만
다할 수 있어도 얼마나 다행이랴
우리는 지금 겁탁(劫濁)의 세상에 산다
굶주림과 전쟁과 질병과 재앙이 끝없는 시대
그릇된 믿음과
밑도 끝도 없는 적개심과 사악함이
도처에 출몰하는 견탁(見濁)의 세상에 산다
좋은 가르침은 외면하고
삿된 법을 받아들이며
온종일 이를 전파하며
어리석게 산다
가야 할 곳을 모르는 건 아니지만
몸은 진흙탕에 산다
같은 잘못을 되풀이하며 어리석게 사는
그대도 나도 사오정이다

(『문학과행동』 2015년 겨울호)

「서유기 3」라는 제목의 연작시 중의 한 편인 이 시에는 '오정(悟淨)'이라는 부제가 달려 있다. 물론 이는 중국 명대의 장편소설 『서유기』의 중심인물 중의 하나인 사오정을 가리킨다. 사오정은 본래 천상계에서 권렴대장의 직책을 수행하던 인물인데, 반도회(신들의 잔치) 때 실수로 귀중한 술잔을 깨뜨려 두들겨 맞고 흉측한 모습으로 변해 하계로 추방되어 유사하의 수중 요괴가 되었다고 한다. 이 소설에서 유사하의 수중 요괴 출신인 사오정은 삼장법사를 충성스럽게 모시지만 일상에서는 흔히 어리석은 사람을 상징하고는 한다. '오정(悟淨)'이라는 이름 자체는 깨끗함, 곧 법성(法性)을 깨달은 사람이라는 뜻을 갖지만 말이다. 어쨌거나 시인은 이 시에서 이러한 성격을 지닌 사오정에 자신의 감정을 이입해 그 자신이 처한 현존의 자아를 노래한다. "말없이 법사의 말이나 끌고/서쪽 십만억 불토(佛土)를 지난 곳에 있다는/정토(淨土)로 가는 소임만/다할 수 있어도 얼마나 다행이랴"라고 말하는 사오정의 자아에 시인의 자아가 이입되어 있다는 것이다. 이 시에서의 법사가 현실에서의 누구를 유비하는가를 구체적으로 따져 물을 필요는 없다. 정작 중요한 것은 사오정으로 분장한 시인이 지금의 이 시대를 "겁탁(劫濁)의 세상"으로 파악한다는 점이다. 불교의 용어인 이 겁탁의 세상은 "굶주림과 전쟁과 질병과 재앙이 끝없는 시대", 곧 "적개심과 사악함이/도처에 출몰하는" 시대를 가리킨다. 시인은 또한 지금을 그릇된 견해나 사악한 사상이 만연한 세상, 곧 견탁(見濁)의 세상으로 받아들인다. "좋은 가르침은 외면하고/삿된 법을 받아들이며/온종일 이를 전파하며/어리석게" 사는 것이 자신이라는 것이다. 급기야 그는 이 시의 말미에서 "같은 잘못을 되풀이하며 어리석게 사는/그대도 나도 사오정이"라고 반성, 성찰한다. (c)

진주 목걸이

마경덕

백 개의 눈물로 허전한 목을 장식한다

조개가 그토록 밀어내던
한 알 한 알의 상처들
오랜 시간 입안에서 궁굴려 동글동글 뽀얗다

찰나의 틈으로 뛰어든 굵은 모래알
부드러운 살을 파고들 때
조개는 결심했을 것이다
이 악성종양을 밀어낼 수 없다면
살이 썩기 전
진액을 짜내어 감싸겠다고

어느 젊은 가수도
암과 싸우지 않고 보듬겠다고 했는데
그 얼굴이 진주처럼 빛났는데

나는 조개의 통증을 좋아하는 속물
절망의 크기만큼
눈물을 흘린 만큼
주름진 목을 칭칭 돌려 감고 외출은 가벼워진다

(『시와 경계』 2015년 가을호)

값진 보석으로 알려진 진주도 조개가 "눈물"로 빚은 결정체이다. 조개는 "찰나의 틈으로 뛰어든 굵은 모래알"이 살을 파고들어 생긴 "악성종양을 밀어내"기 위해 "진액을 짜내어 감싸"는 고통을 감내한다. "암과 싸우지 않고 보듬겠다"고 한 젊은 가수의 얼굴도 진주처럼 빛나는 것은 조개가 고통을 이기고 보석을 만든 것과 다름이 없기 때문일 것이다. 화자는 그런 "조개의 통증을 좋아하는 속물"이라고 역설적인 고백을 하며 조개처럼 "절망"과 "눈물"을 선택하여 진주 목걸이를 만든다. 그것을 고난의 흔적인 양 "주름진 목"에 돌려 감고 외출을 하는 화자의 자세는 '숭고'마저 느끼게 한다. 아무튼 절망을 극복하고 웃음을 지으며 외출하는 화자의 발걸음은 가벼울 수밖에 없을 것이다. (b)

이슬의 기상

— 먼저 떠난 김치수에게

마종기

살아서 보았던 털털한 모습이
죽어서도 머리 위에 보인다.
미소도, 목청도, 걸음걸이까지
아침 햇살에 반짝이는
이슬의 기상.

죽으나 사나
가까이 있으나 떨어져 있으나
한길만 고집했던 푸른 열정이
그렇게 신통하고 훈훈하다.

햇살에 온몸 반짝이며
노래하는 이슬의 눈,
아름다움은 시간을 넘는다.
세월의 험준한 담을 넘는다.

이슬이 스러진 다음에 보이는
잘 젖은 풀잎 그림자,
아침이면 부드러운 물이 되어
내 목마름까지 풀어주는
정든 이슬의 멀어진 얼굴.

(『본질과 형상』 2015년 겨울호)

시인은 부제에 밝힌 바대로 "먼저 떠난 김치수"의 살아서 보았던 모습을 상상하며 그리워한다. 그의 미소, 목청, 걸음걸이까지 자세히 떠올리며 "아침 햇살에 반짝이는 이슬"에 비유한다. '이슬'은 한 점 불순물이 섞이지 않은 물의 작은 입자로서 순결하게 살다 간 그의 삶을 대신 보여주기에 알맞은 이미지일 것이다. 시인은 또한 시공을 초월하여 변함없이 한길을 고집스럽게 간 "푸른 열정"이 햇살에 빛나는 이슬처럼 "신통하고 훈훈하"게 느껴진다고 고백한다. 그리고 이미 과거에 죽음의 세계로 떠났으나 "세월의 험준한 담을 넘"어 맑고 곧게 살다간 그의 생애가 "이슬의 눈"을 뜨고 노래하는 소리를 듣는다. 뿐만 아니라 이슬이 스러지며 적신 "풀잎 그림자"가 아침이면 생명수가 되어 시인의 "목마름을 풀어주는" 것이다. 순결하고 아름다운 생을 살다 간 이는 인간 실존의 유한성을 벗어나 죽은 후에도 이웃에게 그리움을 불러일으키며 활력을 주는가 보다. (b)

83퍼센트를 위하여

맹문재

모나리자의 얼굴에 나타난 행복감은 83퍼센트
혐오감은 9퍼센트
두려움은 6퍼센트
분노는 2퍼센트

전문가들은
모나리자가 오묘하고 행복한 미소를 띠는 것은
행복감만이 아니라
혐오감과 두려움과 분노가 있기 때문이라고 하는데

나는 2퍼센트에 기운다

혐오감을 간식으로 먹어치우거나
두려움을 강물에 흘려보내거나
행복감을 관념으로 찬양하지 않으려는 것이다

나는 바람 부는 날을 일기로 쓰는 것을 넘으려고
현재진행형으로 투표하는 것을 넘으려고
광장의 집회에 참석한다

많은 것을 배우고도 어리석은 자가 되지 않으려고
나의 절감분을 찾으려는 것이다

돌멩이 같은 분노를 집어던져
울타리에 갇힌 나의 행복을 깨우려는 것이다

(『시와 표현』 2015년 6월호)

인간의 마음은 매우 복잡하다. 마음의 절반을 이루고 있는 감정은 더더욱 그렇다. 결코 단일하지 않은 것이 인간의 감정이다. "모나리자의 얼굴에 나타난" 감정도 마찬가지이다. 이 시의 모두(冒頭)에서 시인은 "모나리자의 얼굴에 나타난 행복감은 83퍼센트/혐오감은 9퍼센트/두려움은 6퍼센트/분노는 2퍼센트"라고 말한다. 참으로 다기한 내포를 지니고 있는 것이 모나리자의 표정이라고 할 수 있다. 모나리자가 지니고 있는 표정에 담겨 있는 다기한 내포 중에 시인이 정작 주목하는 것은 2퍼센트의 분노이다. "전문가들은/모나리자가 오묘하고 행복한 미소를 띠는 것은/행복감만이 아니라/혐오감과 두려움과 분노가 있기 때문이라고" 말하고 있다. 시인은 "오묘하고 행복한 미소" 속에 들어 있는 2퍼센트의 "혐오감과 두려움과 분노"를 "흘려보내"지 않으려는 것이다. 2퍼센트의 분노를 잊지 않으려는 시인의 의지는 그가 "광장의 집회에 참석"하는 것과도 관련되어 있다. 시인은 단순하고 단일한 행복 이상을 찾고 싶은 것이다. "많은 것을 배우고도 어리석은 자가 되지 않으려고" 자신의 감정에 내재해 있는 "절감분을 찾으려는" 그의 자세가 아름답다. "돌멩이 같은 분노를 집어던져/울타리에 갇힌" "행복을 깨우려는" 의지 말이다. 이를 두고 따로 '지식인의 양심'이라고 부르면 안 될까. 좋은 시는 이처럼 반성과 성찰의 정신을 기초로 한다. (c)

혜화동 고양이

목필균

혜화동 뒷골목에는
고양이가 눈동자 세로로 세우고
날카로운 발톱 슬며시 감추고
어슬렁거린다

골목 깊을수록
낮에는 비어 있는 혜화동에
느리게 꼬리 흔들며

무한리필 돼지고기집
불나는 매운맛 자랑한다는 짬뽕집
슬금슬금 들여다보다가
싱싱한 바다 횟집 앞에선
코를 박는다

햇살 따가워지면
숨겨진 그늘 바닥에 누워
늘어지게 하품하는 고양이

해 질 때까지
골목길 담배 연기 짙어질 때까지
늘어진 꼬리로

구석구석 들여다본다

퇴직한 백수가
한낮을 한가롭게
혜화동 골목을 들여다보는 것처럼

(『시문학』 2015년 7월호)

시인은 혜화동 골목을 어슬렁거리는 고양이의 하루를 세밀하게 묘사하고 있다. 낮에는 오히려 비어 있는 "혜화동 뒷골목"은 고양이가 대신하는 백수의 소외감과 아직 남아 있는 삶에 대한 애착을 상징적으로 보여주는 시적 공간이다. 그곳에서 고양이는 낮에는 "느리게 꼬리를 흔들"고, 돼지고기집이나 짬뽕집을 들여다보다가, "횟집 앞에서 코를 박는다". 따가운 햇살을 피해 하품을 하다가 해 질 때까지 "꼬리로 구석구석을 들여다"보는 고양이는 곧 "퇴직한 백수"의 모습이다. 그렇게 시인은 고양이의 생태를 통해 평생을 일터에서 일에 시달리다가 물러나 빈손이 된 퇴직자의 여유와 함께 소외감을 효율적으로 보여준다. 먹거리를 찾아 음식점을 기웃대는 고양이는 퇴직 전까지 식솔을 부양하기 위해 '머리'가 아닌 '꼬리'로 살아야 했던, 비굴하지만 부지런하던 백수의 모습을 암시하는지도 모른다. 이전까지의 일상적 삶에서 굳어진 습성이 아직 남아 있기 때문일까. 이미 힘을 잃고 "늘어진 꼬리"가 되었으나 행여 반기는 이라도 있을지 몰라 "구석구석을 들여다"보는 것이다. ⓑ

불이론

문 숙

개와 강아지는
나쁜 놈과 착한 놈만큼의 거리다
낮과 밤만큼이나 멀고도 가까운 사이
욕과 칭찬만큼이나 적대적인 관계
개는 부정어의 접두사
강아지는 사랑의 대명사
천한 것은 개
자식이나 손주처럼 귀한 것은 강아지

세상의 모든 강아지는
개를 빌려 세상에 왔고
세상의 모든 개들도
강아지를 거쳐서 왔다
밤이 낮을 품고 낮이 밤을 품듯
우리는 하나다

비틀비틀 취객 하나가 내 옆을 스치며
"개새끼" 하고 지나간다

(『시작』 2015년 봄호)

궁정은 부정을 포함하고, 부정은 긍정을 포함한다. 어떤 존재도 100%의 순도를 유지하는 경우는 없다. 행운은 불운을 포함하고, 불운은 행운을 포함한다. 이처럼 양가적 가치를 지니고 있는 것이 모든 존재가 지니고 있는 특징이다. 이 시에서 시인은 개와 강아지의 관계를 빌려 이를 구체화하고 있다. 개와 강아지는 하나의 존재가 지니고 있는 각각의 이름이다. 하지만 실제의 삶에서 "개와 강아지는/나쁜 놈과 착한 놈만큼의 거리"를 갖고 있다. "낮과 밤만큼이나 멀고도 가까운 사이"인 것이 개와 강아지이다. "개는 부정어의 접두사"이고, "강아지는 사랑의 대명사"이다. 보통의 사람들은 개는 "천한 것"으로 강아지는 "자식이나 손주처럼 귀한 것"으로 받아들인다. 그러니 인간의 감정을 믿을 수 있겠는가. 모든 존재가 지니고 있는 양가적 가치, 이것이 불교에서 말하는 불이(不二)이다. 불이(不二)는 불일이불이(不一而不二)의 줄임말이다. 하나도 아니고 둘도 아니라는 뜻이다. 물론 이는 하나이면서 둘이라는 뜻이기도 하다. 이러한 형용모순이 참이라는 것을 시인은 "세상의 모든 강아지는/개를 빌려 세상에 왔고/세상의 모든 개들도/강아지를 거쳐서 왔다"는 구절로 에둘러 표현한다. 그렇다. "밤이 낮을 품고 낮이 밤을 품듯" 모든 존재는 하나다. 아니, 하나이면서 둘이고 둘이면서 하나이다. (c)

희망의 촛불을 켜자

문영규

OECD가 발표한 통계에서
회원국 중 우리는
자살률 1위, 산업재해 사망률 1위
가계 부채 1위, 가장 낮은 최저임금 1위
저임금 노동자 비율 1위
이혼 증가율, 실업 증가 폭,
사교육비 지출, 근무 시간 많은 국가,
공교육비 민간 부담 등에서
모두 1위

고령화와 저출산으로 몇십 년 후에는
한민족이 지구상에서 사라질 거라는데
7포 세대가 양산되는 지금
우리는 과연 희망이 없나?

희망 없음이란 반드시
공동체의 신진대사를 멈추게 하고
암을 일으켜 사망에 이르게 할
음산한 것
지금 우리가 딛고 선 자리는
절망의 난간인가
희망의 구름다리인가 묻는다

나에게 너에게

희망이 없는 세상은 쓸쓸하다
통일하려고 노력하자
양극화를 없애자
희망의 촛불을 켜야 한다
부자에게 증세하고 복지를 늘리자
젊은이들을 중동으로 내몰지 말고
이 땅에서 일자리를 늘리자
아이들 혹사하는 교육 혁신하고
경제 민주화 정치 개혁 말만 하지 말고
제대로 한번 해보자

(『희망을 찾는다』 객토문학 동인 제12집)

"OECD가 발표한 통계에서/회원국 중 우리는/자살률 1위"이다. 뿐만 아니라 "산업재해 사망률 1위" "가장 낮은 최저임금" "저임금 노동자 비율" "실업 증가 폭" "근무 시간 많은 국가" 등에서도 "1위"이다. 열악한 노동의 현실은 "가계 부채 1위"나 "이혼 증가율" 1위도 가져온다. 그 결과 우리 사회에는 연애, 결혼, 출산, 취업, 주택 구입, 인간관계, 희망을 포기한 젊은 세대(7포 세대)가 늘고 있다. "희망"이 없어 "공동체의 신진대사를 멈추게 하고/암을 일으켜 사망에 이르게 할" 정도인 것이다. 그렇지만 절망할 수는 없다고 작품의 화자는 나선다. "희망이 없는 세상은 쓸쓸하"기에 "희망의 촛불을 켜"려고 하는 것이다. 그리하여 "양극화를 없애자", "부자에게 증세하고 복지를 늘리자", "젊은이들을 중동으로 내몰지 말고/이 땅에서 일자리를 늘리자"라고 주장한다. "경제 민주화 정치 개혁 말만 하지 말고/제대로 한번 해보자"는 것이다. 문영규(1957~2015) 시인은 경남 합천에서 태어나 마창노련문학상을 수상하고 '객토문학' '일과시' 동인 활동을 했다. 시집으로 『눈 내리는 저녁』 『나는 지금 외출 중』이 있다. (a)

송이풀
— 이별

문효치

그때 어둠이 왔지
으아리꽃이 왔다간 가고
어둠이 내 살 속으로 뚫고 들어왔어

어둠이 오는 소리는
천둥소리 같았어
어둠이 오는 소리에
잎사귀들이 모두 떨어지고
몸이 마구 아팠어

지구를 흔들면서 왔어
그때 어둠이 왔지
어둠의 덩어리들이 와서
내 몸에 뿌리를 박은 채
피를 빨고 있었어

때로는 총이고 칼이었어
나를 뚫고 베었어

(『시인동네』 2015년 봄호)

송이꽃의 꽃말은 이별인가. 이 시의 제목인 「송이풀」에는 이별이라는 부제가 달려 있다. 아마도 시인은 송이풀이 꽃을 피우는 즈음에 참혹한 이별을 체험한 듯싶다. 송이풀꽃은 으아리꽃이 핀 다음에 핀다. 으아리꽃이 피는 것은 6~7월이고, 송이풀꽃이 피는 것은 8~9월이다. "으아리꽃이" 피었다가 지고, 말하자면 송이풀꽃이 필 때 시인은 "어둠이 내 살 속으로 뚫고 들어왔"다고 말한다. 이때의 어둠은 이 시 첫 행에서부터 출현한다. 이 시의 첫 행에서 "그때 어둠이 왔지"라고 했을 때의 어둠은 무엇인가. 6월에 왔다는 점에서 그것은 무엇보다 6 · 25전쟁을 연상시킨다. "어둠이 오는 소리는/천둥소리 같았어"라고 시인이 말하고 있지 않은가. "어둠이 오는 소리에/잎사귀들이 모두 떨어지고" 라고 했을 때의 잎사귀도 당연히 송이풀의 그것이리라. 따라서 그때 어린 시인의 "몸이 마구 아팠"으리라는 것은 불문가지이다. 어린 그에게는 "지구를 흔들면서" 밀려온 것이 그때의 "어둠이"리라. 그때의 어둠이 6 · 25전쟁이라면 "어둠의 덩어리들이 와서/내 몸에 뿌리를 박은 채/피를 빨고 있었어"라고 하는 구절도 쉽게 이해가 된다. 6 · 25전쟁을 거치는 과정에 폐가의 체험을 할 수밖에 없었던 것이 시인이라는 것을 알 필요가 있다. 6 · 25전쟁이 불러온 어둠의 체험이 시인에게 "때로는 총이고 칼이"어서 그 자신을 "뚫고 베었"으리라는 것은 자명하다. (c)

오래, 올라타다

박봉희

저 담쟁이
줄 하나에 매달려
고층 빌딩을 칠하는 페인트공이다
밧줄이 밥줄인 듯 매달린다

온몸이 발바닥이다
바닥으로 바닥을 갈아탄다
거미줄 치듯 따라붙는 족적이 힘이다

뒷모습이 닮은 것들은
인간이기를 포기하고 싶거나
인간이고 싶은 경우일 거다

제 유서를 미리 써놓고 덤빈다 할까
사방이 사색이다

환승,

바닥을 탈피하기 위해
또 다른 바닥으로 올라타고 있다
무리지어 일어서고 있다

저 시멘트벽
발붙이고 설 수 있는 의족이다

아마도 담쟁이
오래전 직립했을 것이다
그 기억으로 온몸은 춤을 춘다

(『시에』 2015년 겨울호)

“담쟁이”의 이미지에 “고층 빌딩을 칠하는 페인트공”의 이미지가 겹쳐지면서 죽음과 맞서서 위태롭게 살아가는 그의 삶을 보여주고 있다. “온몸이 발바닥”이 된 채 먹이를 잡으려고 거미줄을 치듯 시멘트 바닥을 밟으며 오르는 그는 인간의 한계를 넘고 있다. “유서를 미리 써놓고” 삶의 밑바닥으로부터 일어서보려 하지만 “또 다른 바닥으로 올라”탈 수밖에 없는 그의 뒷모습에 숭고마저 느껴진다. 그에게는 오로지 “사방이 사색”인 시멘트벽이 “발붙이고 설 수 있는 의족”이요 생존을 보장해줄 삶의 현장이다. 한때 그도 직립의 자세로 평탄한 생활을 했을 것이다. 행복했던 그때를 기억하며 온몸으로 춤추듯 생과 사를 넘나들며 살아가는 그의 몸부림이 치열해서 더욱 처연하다. (b)

무의미해, 프라이드

박상수

쉬는 시간이 지나고야 알았지
저 뒤통수
내가 아는 애라는 걸

영혼 따위, 사물함에 넣고 다니던 애, 모의고사 마킹하다 악쓰고 나가서는, 영영 안 돌아온 애, 너 같은 인지 부조화 캐릭터는 처음이었는데, 니가 왜 여기 앉아 있어?

가방을 챙겼지 그래, 지금이라도 나가는 거다, 홈피만 뒤져도 다 나오는 말을 여기서 왜 또 듣고 있어, 잘됐어 기회야, 이건 도망가는 게 아니야 책임지는 거지 내 실패가 더 커지기 전에 내가 날 책임지는 거다

네가 돌아보지만 않는다면,
그러면 내가 이기는 건데

강사가 뭘 좀 나눠주라 말하고, 몇 줄 앞 네가 돌아봤지 정통으로 눈빛이 섞여버렸다 절대 모른 척 나왔지만, 살인가스인가, 스르륵 네가 따라나와 불렀어 돌아보지 말고 그냥 가! 하지만! 귀가 이렇게 멀쩡한걸! 내 등이 움찔, 리액션을 해버렸는걸! 이것이 어른의 세계인가? 우린 잘했지 다시 만난 동창 코스프레를 잘도 해냈어

훗, 이런 거 듣고 취업이 될 리가
너무 졸려서 앞이 안 보여 엉엉
그래서 나도 집에 가려는 중

말도 안 돼, 눈꼽존에 눈물이 가득 고일 뻔했다 너도 가려고? 그 말도 못 하고 같이 나왔어, 아, 무너지지 마, 기도하면서 릴랙스하자

뭐 타고 가니?
지하철
마침 난 근처에

눈이랑 코, 입이랑, 온통 실신 직전, 멍한 그 애를 남겨두고 앞만 보고 걸었지 참가비만 잔뜩 내고 원두커피 한 잔 먹고 나왔구나, 이런 생각 자체가 오늘 나의 패배

그래도 오랜만의 스릴, 좋아, 몸도 꽤 따뜻해졌잖아

길거리를 떠돌다가 버스 정류장으로 향했어 오늘 같은 날, 3D리얼상남자가 필요한 날, 수트핏이 좋은, 잘생김이 좀 많이 필요한 날, 나도 모르게 정류장에 선 남자들을 스캐닝했다

완전 모자라지는 않지만 그렇다고 모자람에서 도망칠 수도 없는 건가

네가 거기 있었지, 지하철 타고 집에 간 줄 알았는데, 왜 네가 거기서 있어……

무인 등대랄까, 날 보고, 네 눈동자가 커졌다가 사그라들었지 피식, 누가 당기는 거니, 네 한쪽 입꼬리, 놀랍게 올라가 있었다 뒤돌아 가기엔 늦은 거겠지 그렇다면 차라리 너의 치마폭에 성난 서양자두처럼 안

겨줄 테다!! 너를 향해 걸었어 고개를 높이 쳐들고서

네 기억에
영원히
모자란 애로 남긴 싫었어.

(『문학과 사회』 2015년 봄호)

화자는 사설 기관에서 시행하는 취업 특강 혹은 취업 설명회에 참석했다가 우연히 옛날 동창을 만난 것 같다. 하필이면 이런 자리에서 만났으니 어쩐지 부끄러웠음을 능히 짐작할 수 있다. 게다가 동창은 제도 교육을 거부하고 뛰쳐나간 것으로 보이는데 같은 자리에서 만나게 되었으니 화자의 자존심이 용납하지 않았을 것이다. 혼자서 몰래 그 자리를 빠져나오려던 화자는 동창과 눈을 마주치게 되고 어쩔 수 없이 그녀와 함께 취업 설명회장을 나와 '무슨 일이 있다'는 핑계를 대고 먼저 떠난다. 한참 홀로 길을 헤매다 버스를 타기 위해 정류장에 도착했을 때, 불행히도 동창과 다시 마주치고 만다. 이미 동창은 화자를 발견하고는 다 알고 있다는 듯 비웃음 섞인 웃음을 지으며 바라보고 있다. 무의미한 자존심이지만 그나마 그것을 지키고자 동창을 향해 고개를 빳빳이 쳐들고 다가가는 시적 화자는 어두운 현실 속의 청년들을 대신한다. (b)

텅 빈 수족관

박소란

횟집 수족관에 잠긴 물고기, 취한 나를
가엾다는 듯 바라보는 물고기

뻐끔뻐끔
식은 물을 토해내는 물고기는 지금
버리는 연습에 몰두하고 있구나
구멍 난 입술을 버리고 해진 비늘을 버리고 글썽이는 바다를 버리고
종내는 헤엄치는 법마저 버리려는 듯

생각에 잠긴 물고기
흰 접시 위 어떤 극락을 알아버린 물고기

나도 이제
술을 버려야겠다 사람을 버리고 시인을 버리고 도처의 너를
버리고

가벼워져야지 횟감용 물고기처럼
수족관 귀퉁이
담담한 자세로 색을 벗는 플라스틱 수초처럼

언제 벌써 텅 빈 수족관처럼

물에 빠져서는
죽을 수도 없을 텐데 물고기는 그럴 텐데

어디론가 자꾸만 사라지는,
아니 여전히 남아 실루엣으로
지느러미를 살랑이는 물고기

가까이 조금 더 가까이 벌건 얼굴을 들이밀자
덥석— 한 마리 나를 낚아 올리는

(『시로여는세상』 2015년 여름호)

횟집 수족관의 물고기, 취한 눈으로 바라보니 입장이 뒤바뀐 것 같다. 너는 무슨 괴로운 일이 있어 그리 술이 취했느냐고 묻는 것 같다. 횟감이 되는 순간을 앞두고 있는 나도 이렇게 태연한데 너는 무엇이 문제냐고 훈계하는 것 같다. 버리면 모든 게 해결된다고 하는 것 같다. 물고기는 이미 버리는 연습을 많이 해둔 듯하다. 구멍 난 입술도 버리고, 해진 비늘도 버리고, 넓은 바다도 버리고, 이제는 헤엄치는 법마저 버린 듯 미동도 않고, 가끔씩 식은 물을 토해내며 호흡에 집중하고 있을 뿐이다. 이 정도면 면벽한 참선의 세월이 상당해 보인다. 그러고 보니 이 횟집에 수족관 귀퉁이의 플라스틱 수초도 도력이 범상치 않은 것 같다. 담담한 자세로 색을 벗어온 세월 가늠하기 어렵다. 한없이 가벼워지다 마침내 뼈 한 조각으로 남는 물고기의 자취를 찾느라 수족관을 두리번거리는 순간 "덥석— 한 마리 나를 낚아 올리는" 물고기. 물고기에게 크게 한 수 배우는 날이다. (d)

49) 위의 책, pp.50~53.

박수빈

표절인지도 모르는 나는
왜곡인지도 모르는 나는

줄이 그어진 위로 무대가 펼쳐지지만 객석
하단에 갇혀 많은 이들이 나를 지나친다
몸이 작으므로 상대적으로 작은 사랑의 최면
눈과 귀와 가슴이 괄호 속으로 들어간다

늘어나는 복문과 비문들이 추수의 들녘이다
땀을 흘리는 주어는 생략되거나
악수 한 번 호명 한 번 없이 징검다리를 놓치기도 한다

막이 바뀌었는지
나는 낙엽 뒹구는 데 있다

두리번거리면 뱀처럼 길어지는
나는 골목이 많은 행간
통조림 냄새가 난다
지나가는 행인들이 소품처럼 퇴장한다

대사 없이 사라지는 발목 부은 저녁과
잠을 설치는 내 나이의 복선

신발을 고쳐 신는데
놓친 모자를 붙잡으려는데
나를 애써 읽으려는 바람

보도블록 틈새 질경이풀이 자라고 있다

(『애지』 2015년 가을호)

각주(脚註)를 의인화한 착상이 돋보인다. 각주는 본문의 해당 부분을 설명하기 위해 아래쪽에 따로 놓이므로 본문이 주연이라면 각주는 엑스트라이고, 본문이 양지라면 각주는 음지이고, 본문이 주류라면 각주는 비주류이다. 그리하여 사람들은 각주에 관심을 갖지 않는다. "표절인지도" "왜곡인지도" 모르는 채 "줄이 그어진 위로 무대가 펼쳐지지만 객석/하단에 갇혀" "많은 이들이" 지나치는 것이다. "몸이 작으므로 상대적으로 작은 사랑의" 대상이어서 "눈과 귀와 가슴이 괄호 속으로 들어"가고 마는 것이다. 세상은 양지와 음지가 함께 존재하듯이 본문 못지않게 각주도 한 구성원이다. 그렇지만 시장에서는 본문에만 관심을 갖는다. "늘어나는 복문과 비문들이" 있다고 할지라도 각주는 제외되고 본문이 "추수의 들녘"이 된다. 각주의 운명은 구석에서 뒹구는 "낙엽"이 되고 마는 것이다. 그렇지만 각주는 자신의 처지에 좌절하지 않고 "신발을 고쳐 신"고 "놓친 모자를 붙잡으려"고 한다. 본문만을, 일등만을, 강자만을 우대하는 사회적 편견과 차별에 맞서는 것이다. 따라서 "보도블록 틈새"에서 자라는 "질경이풀"의 생명력은 각주처럼 질기다. ⓐ

비약 삐약삐약

박순원

나의 알량한 지식은 목숨을 건 비약을 통해 강의가 된다 나의 맥 빠진 강의는 또다시 목숨을 건 비약을 통해 상품이 된다 한 시간에 삼만 팔천 원 또는 사만 오천 원 운이 좋으면 육만 이천 원 도라지가 복숭아가 토마토가 이웃끼리 나눠 먹던

토란이 연근이 감자 고구마가 상품이 되듯이 사과 배 대추 밤이 얌전하게 포장이 되듯이 고등어가 참치가 통조림이 되듯이 조금 전까지 살아서 헤엄치던 광어 농어 우럭이 목숨을 내려놓고 사만 오천 원 회 한 접시가 되듯이

철광석이 목숨을 걸고 쇳덩어리로 쇳덩어리가 목숨을 걸고 강철판으로 강철판이 목숨을 걸고 자동차로 변신하듯이 나의 감성과 느낌과 헛소리가

시가 되기도 한다 역시 목숨을 건 비약이다 그 시들이 원고료가 되고 시집으로 묶여 한 권에 팔천 원 구천 원 또다시 비약한다 상품이 되어 진열된다 나는 가끔 내

시집을 내 돈을 주고 사기도 한다

처갓집도 외갓집도 고향의 맛도 놀부도 원할머니도 이미 목숨을 걸었다 청춘도 우정도 낭만도 목숨을 건다 어머니의 정성도 손길도 외할머니 할머니 이모 삼촌 이웃사촌 힐링 힐링 아빠의 사랑 쌀국수 떡라면 만두라면 비약만 하면 비약만 할 수 있다면

(『시작』 2015년 봄호)

박순원의 시에는 허망한 웃음이 들어 있다. 그의 시에 들어 있는 허망한 웃음은 씁쓸하고 허탈하기도 하다. 능청과 내숭을 바탕으로 하고 있는 것이 그의 시에서의 허망한 웃음이다. 이들 웃음을 바탕으로 하고 있는 것은 이 시에서도 마찬가지이다. 이 시는 '비약(飛躍)'이라는 한자말이 '삐약삐약'이라는 고유의 음성 상징어와 갖는 음상의 유사성에 기초해 발상된다. 그에게는 '비약'이 '삐약'일 따름이라는 것이다. 우선 시인은 지식이 강의로, 강의가 상품으로, 상품이 돈으로 치환되는 과정을 비약이라는 기표를 통해 추적한다. 이러한 유통의 구조는 물물교환에서 화폐교환으로 변화되어온 경제의 발전 과정과 상응한다. "토란이 연근이 감자 고구마가 상품이 되듯이", 나아가 "광어 농어 우럭이 목숨을 내려놓고 사만 오천 원"의 돈이 되듯이 말이다. 이윽고 시인은 "강철판이 목숨을 걸고 자동차로 변신하듯이 나의 감성과 느낌과 헛소리가//시가 되기도 한다"고 말한다. 이를 두고 그는 긴장한 목소리로 "목숨을 건 비약"이라고 명명한다. 하지만 시가 되는 "나의 감성과 느낌과 헛소리"가 예의 경제의 발전 과정에 상응하는지는 알 수 없다. 그에 대한 비약적 의심을 지니면서 이 시는 거듭 전개된다. "시들이 원고료가 되고 시집으로 묶여 한 권에 팔천 원 구천 원"으로 "또다시 비약"하는 것 말이다. 시인이 보기에는 "상품이 되어 진열"까지 되는 것이 그의 시집이다. 하지만 그는 자신의 시집이 정작의 "상품이 되어 진열"되는 것인가에 대해 의심한다. "가끔 내//시집을 내 돈을 주고 사기도" 하기 때문이다. 그로서는 "내//시집을 내 돈을 주고 사"는 것이 정작 목숨을 건 비약인가 의심하는 것이다. "비약만 하면 비약만 할 수 있다면" "처갓집도 외갓집도 고향의 맛도 놀부도 원할머니도" 목숨을 거는데 말이다. 시의 창작과 유통의 과정이 상품의 생산과 유통의 과정과 크게 어긋나 있는 점을 능청과 내숭을 바탕으로 허망하게 웃고 있는 것이 이 시이다. (c)

살아 있는 구간

박승민

버릴 수 없는 것을 버릴 때 진짜 버리는 거다.
길은 끝이 있는 게 아니라 사람이 끝날 때 비로소 끝난다.
그 살아 있는 한 구간만을 우리는 뛸 뿐이다.
저의 몸이 연필심처럼 다 닳을 때까지 어떤 흔적을 써보는 것인데
대답할 수 없는 질문을 부여받고 평생,
눈밭에서 제 냄새를 찾는 산개처럼 끙끙거리다가
자기 차선과 남의 차선을 넘나들며 가는 것이다.
다음 주자에게 바통을 넘기기 전까지
가장 밑바닥에서부터 차올라오는 파도처럼
자기를 뒤집기 위해 자기 목을 조이지만,
눈밭에 새긴 수많은 필체 중 성한 문장은 없고
잘못 들어선 차선에서 핏덩어리로 뭉개지고 있는 몸.
쏟아붓는 백매(白梅)는 얼굴에 닿자마자 피투성이 홍매(紅梅)로 얼어붙는다.
자신의 영정(影幀)을 피하듯 모두들 눈길 옆으로 붙지만
이 신랄한 현장이 현실이다.
살아 있는 것은 모두 사라지는 것이다.
그러므로 버릴 수 없는 것을 버릴 때까지
보석(寶石)이 아니라 보속(補贖)의 언덕에 닿기까지
남의 차선과 자기 차선을 혼동하며 가는 것이다.
유족도 없이 혼자 장지까지 가보는 것이다.

(『리얼리스트』 2015년 상반기)

우리에게는 "살아 있는 구간"이 주어져 있다. 이 "구간"은 시간이나 공간이라기보다는 궁극적으로 존재의 표상이다. "길은 끝이 있는 게 아니라 사람이 끝날 때 비로소 끝"나는 것이므로 "그 살아 있는 한 구간만을 우리는" 뛴다. 그 과정에서 삶의 의미를 알고 있는 것이 아니라 그저 "저의 몸이 연필심처럼 다 닳을 때까지 어떤 흔적을 써보는 것"이다. "대답할 수 없는 질문을 부여받고 평생, /눈밭에서 제 냄새를 찾는 산개처럼 끙끙거리"는 것이다. 때로는 "자기 차선과 남의 차선을 넘나들며 가"기도 한다. 그리하여 "눈밭에 새긴 수많은 필체 중 성한 문장은 없"다. "잘못 들어선 차선에서 핏덩어리로 뭉개지고 있는 몸"이 되기 일쑤다. 그렇지만 우리는 기꺼이 걸어간다. 처절하게 한 발씩 내딛는다. "살아 있는 것은 모두 사라지는 것"을 알고 있기에 우리에게 "살아 있는 구간"은 천국이다. 그 속에서 우리는 영원히 살고 있는 것이다. ⓐ

낙엽 단상

박옥위

살아도 잘 살기란 거기서 거기라고 살아본 나뭇잎이 나무를 떠날 때
몸으로 부딪힌 말들이 바알갛게 타오른다

고 작은 이파리에 갈 길을 물어보며 자벌레 하루살이 갉고 간 문장들이
때로는 비문(碑文)이 되어 신전에 바쳐진다

갈 길을 미리 알고 떠나는 성자같이 단풍도 떠나는 날 꽃단장이 눈부시다
후회도 눈물도 없는 가을 하늘 말끔하다

(『유심』 2015년 2월호)

잘 살고 못 사는 게 "거기서 거기라고" 달관한 채 "바알갛게" 타오르며 지는 낙엽이 아름답기만 하다. 그것은 온몸으로 부딪히며 살아온 낙엽이 마지막 들려주는 말이기에 더욱 곱게 느껴질 것이다. "고 작은 이파리"들에게 살아 갈 길을 묻고 따르듯이 자벌레가 하루하루를 살며 "갉고 간 문장", 그 생명의 질서가 새겨진 비문(碑文)이 자연의 신전에 바쳐진다. 화자는 우주의 순환 원리에 따라 짧은 삶의 길을 마치고 마침내 "성자같이 단풍"이 자연으로 돌아가는 모습을 눈부신 "꽃단장"이라 여기며 바라본다. 그 "후회도 눈물도 없는" 낙엽은 최후를 맞아 맑고 높은 가을 하늘로 돌아갈 것이다. 시인은 온몸을 불태워 살되 지상의 것에 집착하지 않고 자연의 섭리를 따르는 초월적인 삶의 자세를 시조 특유의 간결한 리듬에 실어 보여주고 있다. (b)

무언극(無言劇)처럼

박완호

나무 몇 그루 무언극(無言劇) 대사처럼 서 있었다. 등화관제의 기억에서 걸어 나온 그림자가 새벽 부둣가에 다다르고 있었다. 발화되지 못한 외마디가 밀사(密使)처럼 눈앞을 스쳐갔다. 바람 꼬리에 매달려 가는 소리를 쫓아 나는 말이 보이지 않는 데까지 따라가보았다. 거기서도 나무 몇 그루는 여전히 무언극 무대의 배경으로 아리게 흔들리고 있었다. 말은, 말이 없는 데서 더 번뜩였고 누군가는 말 한마디 없이도 스스로를 짓고 있었다. 나도 그 곁에서 침묵이 빚은 노래를 꿈꾸었지만, 한 그루 나무로 서 있을 때 누군가는 그 앞을 그렇게 스쳐갔을지도 모를 일이었다.

(『시현실』 2015년 여름호)

화자는 등불을 켜고 끄는 것도 관의 통제를 받아야 하던 "등화관제의 기억"을 벗어나 새벽 부둣가에 서 있다. 지나간 밤에 어둠 속에서 할 말도 자유롭게 하지 못한 채 숨어서 엎드려 있던 때문일까. 화자는 "무언극 대사처럼" 침묵하며 서 있는 나무들의 "발화되지 못한 외마디가 밀사처럼" 은밀히 새어나오는 말소리를 좇아간다. "말이 보이지 않는 데"까지 따라가보니 나무들은 여전히 침묵을 지키며 "아리게 흔들리고 있었다." 그리고 빛을 내며 침묵으로 "스스로를 짓고 있었다." 법과 질서를 통제를 따라야 하는 일상어가 사라진 곳에서 나무는 침묵과 흔들림만으로 새로운 말의 집, 곧 "침묵이 빚은 노래"를 부르는 것이다. 화자는 그 노래를 꿈꾸다가 말을 잊은 채 한 그루 나무로 존재할 뿐이다. 그렇게 일상어를 벗어나 말하지 않고 침묵하며 사물로 존재하는 것이 곧 시일 것이다. (b)

알맹이

박정원

껍데기는 가라* 했으나
껍데기는
고양이가 남겨놓고 간 하품이 아니라
작부의 음부처럼 시든 꽃잎이 아니라
폐역에 남아 있는 기차 소리가 아니라
새끼를 비운 강가의 물새 둥지가 아니라
흐르는 듯 흐르지 않는 강물이다
악취 진동하는 영혼을 감싼 물꺼풀의 행렬이다
굳이 말하지 않아도 알지
껍데기 없는 알맹이는 없다고
산다는 것은
껍데기를 껍데기답게 벗겨내는 일
알맹이를 찾아와 제자리에 앉히는 일
긴 꼬리의 강이 목을 틀어
먼 산을 올려다볼 때
당신의 알맹이는 어디에다 감췄는가
내놓아라 내놓아라
썩지도 않는 물붙이를 찾기 위해
잠길 때마다 피똥을 슬어놓는 강물
내 안에 고인 알맹이는 죄다 나와라

* 신동엽의 시.

(『웹진 시인광장』 2015년 7월호)

"껍데기는 가라"는 시인의 말대로 껍데기는 "새끼를 비운 강가의 물새 둥지" 등처럼 쓸모가 없는 것만이 아니다. 껍데기는 알맹이를 감싸기 위해 꼭 있어야 할 것이며 "흐르는 듯 흐르지 않은 강물"에서 악취를 풍기며 썩는 "영혼을 감싼 물꺼품의 행렬"처럼 소중한 것이다. 삶이란 껍데기를 벗겨내고 "알맹이를 찾아와 제자리에 앉히는", 사색과 구도의 과정이기 때문이다. 강물처럼 시간의 흐름을 따라가다 잠시 멈춰서 진정으로 지향해야 할 세계와 흘러갈 길을 살피듯 "먼 산을 올려다볼 때" 참된 자아, 그 "알맹이는 어디다 감췄는가"라는 근본적 물음과 마주하게 될 것이다. "썩지도 않은 물붙이"는 껍데기를 벗기고 찾아야 할 "내 안에 고인 알맹이"의 다른 이름이요 맑은 영혼의 실체일 것이다. (b)

빈집

박종국

빈집은 빈집을 기다리고, 적막이 정수리부터 허물을 벗고 있다

바지랑대 끝에 앉아 꽁지만 까닥거리고 있는 잠자리……,

눈을 지그시 감고 있는 빈집의 하루를

곁눈으로 살피고 있는, 끊어질 듯 당겨진 시위가 탱탱하다

금방이라도 적막의 정수리를 향해 화살을 날려 보낼 것만 같다

(『서정시학』 2015년 가을호)

이 시의 중심 소재는 '빈집'이다. 하지만 이 시에서 시인이 정작 관심을 기울이는 것은 '빈집'이기보다 '빈집'과 함께하는 '적막'이다. 집은 사람들이 어울려 살 때 사랑과 행복의 공간이 된다. 사랑과 행복의 공간으로 존재하는 집은 빈집이 아니라 찬 집이다. 빈집은 불행과 불화의 결과로 존재하기 쉽다. 빈집은 버려진 집이기도 하므로 "허물을 벗고 있는" 뱀이나, "바지랑대 끝에 앉아 꽁지만 까닥거리고 있는 잠자리" 등이 살기 마련이다. 사람들이 떠난 집을 뱀이나 잠자리가 차지하고 사는 것은 당연하다. 따라서 빈집은 하루 종일 "눈을 지그시 감고" 졸기 일쑤이다. 시인은 이어 잠자리가 "곁눈으로 살피고 있는" 빈집을 "끊어질 듯 당겨진 시위"처럼 적막이 탱탱하게 채우고 있다고 묘사한다. 마땅히 시인은 이처럼 탱탱한 적막이 한순간에 깨지기를 바란다. 다시 사람들이 몰려와 북적거리기는 집이 되기를 바라는 것이다. 이를 두고 그는 누군가 "금방이라도 적막의 정수리를 향해 화살을 날려 보낼 것만 같다"고 표현한다. 빈집의 고요가 마음속으로 환하게 펼쳐지는 시이다. (c)

파주 5

박 준

올해 두 살 된 단비는 첫배에 새끼 여섯을 낳았다 딸이 넷이었고 아들이 둘이었다 한 마리는 인천으로 한 마리는 모래내로 한 마리는 또 천안으로…… 그렇게 가도 내색이 없다가 마지막 새끼를 보낸 날부터 단비는 집 안 곳곳을 쉬지 않고 뛰어다녔다 밤이면 마당에서 길게 울었고 새벽이면 칠 년 전 하나 있던 딸을 먼저 보낸 올해 예순일곱 된 아버지와 멀리 방죽까지 나가 함께 울고 돌아왔다

(『문학과 사회』 2015년 겨울호)

'파주'를 소재로 한 연작시 중의 하나이다. 시인은 지금 파주에서 살고 있는 듯싶다. 파주는 휴전선에서, 그리고 임진강에서 가까운 서울 북쪽의 중소도시이다. 최근에는 출판단지와 롯데 아울렛 등이 들어와 도시의 꼴이 일신된 곳이다. 하지만 파주는 조금만 밖으로 나가면 그냥 시골인 지역이다. 이 시는 이러한 파주의 한 시골 마을에서 겪었음직한 이야기, '단비'라는 이름의 개와 얽힌 아버지의 이야기를 사실적으로 진술하고 있다. 별다른 장식이 없지만 읽고 나면 가슴이 뭉클해지는 것이 이 시이다. 물론 이때 가슴이 뭉클해지는 것은 단비의 이야기가 아버지의 이야기와 대비되고 겹쳐지기 때문이다. "첫배에 새끼 여섯을 낳"은 단비, "딸이 넷이"고 "아들이 둘"인 단비, 인천으로, 모래내로, 천안으로…… 새끼를 보냈을 때는 "내색이 없다가 마지막 새끼를 보낸 날부터"는 "집 안 곳곳을 쉬지 않고 뛰어다"닌다. "밤이면 마당에서 길게" 우는 단비, 이런 단비가 "칠 년 전 하나 있던 딸을 먼저 보낸 올해 예순일곱 된 아버지"와 대비되고 겹쳐지면서 가슴을 뭉클하게 한다. "새벽이면" "올해 예순일곱 된 아버지와 멀리 방죽까지 나가 함께 울고 돌아"오는 단비, 단비를 통해 시인은 "딸을 먼저 보낸" 아버지의 슬픔을 강조하고 있는지도 모른다. (c)

소리의 좌표

박찬세

버스 정류장, 선글라스를 쓴 남자가 지팡이로 바닥을 두드리고 있다

버스가 도착할 때마다 소란스러워지는 버스 정류장

소리가 소리를 지우려 하고 있다

지팡이 두드리는 소리가 점점 커지고 있다

어디서부터 시작되는 것일까 소리는

지팡이로 바닥을 두드리며 선글라스를 쓴 여자가 걸어오고 있다

소리가 소리를 찾아오고 있다

소리가 소리를 찾아 표정이 되고 있다

남자와 여자가 팔짱을 끼고 걸어간다

두 개의 소리가 만나 하나의 소리를 된다

선글라스 위로 하나의 태양이 두 개가 되어 빛난다

빛이 미치지 못하는 곳에서 시작되는 소리가 있다

(『유심』 2015년 5월호)

이 시의 제목인 「소리의 좌표」는 시각장애인이 "지팡이로 바닥을 두드리"는 소리와 관계가 있다. 이른바 "선글라스를 쓴 남자가 지팡이로 바닥을 두드리"는 소리의 좌표상 위치 말이다. 물론 이때의 좌표상 위치는 "버스 정류장"을 가리킨다. 버스 정류장은 "버스가 도착할 때마다 소란스러워"질 수밖에 없다. 따라서 도착하는 버스의 소리가 시각장애인이 "지팡이로 바닥을 두드리"는 소리를 지우는 것은 당연하다. 시각장애인에게는 이 버스 정류장이 절망의 공간일 수밖에 없는 까닭이 바로 여기에 있다. 이를 극복하려면 마땅히 시각장애인의 "지팡이 두드리는 소리가 점점 커"져야 한다. 바로 그때 소리의 좌표인 이 버스정류장에 "선글라스를 쓴 여자가" "지팡이로 바닥을 두드리며" "걸어오고 있다". 여자의 "지팡이로 바닥을 두드"리는 소리가 남자의 지팡이로 바닥을 두드리"는 소리를 찾아오는 것이다. 시인은 이를 "소리가 소리를 찾아오고 있다"라고 표현한다. 소리의 좌표를 서로 확인하자 "선글라스를 쓴" "남자와 여자가 팔짱을 끼고 걸어간다". "두 개의 소리가 만나 하나의 소리를 된" 것이다. "선글라스 위로 하나의 태양이 두 개가 되어 빛"나는 것은 따라서 자연스러운 일이다. 시각장애인들에게는 "빛이 미치지 못하는 곳에서" "소리가" "시작되"기 마련이다. 소리를 매개로 해 시각장애인 남녀, 선글라스를 쓴 남녀의 만남이 아주 생생하게 그려져 있는 시이다. (c)

지옥은 없다

백무산

고깃집 뒷마당은 도살장 앞마당이었다
고기 먹으러 갔다가 그곳에서 일하는 친구 따라갔다
구워 먹는 데만 하루에 황소 서너 마리를 소비한다는
대형 고깃집 수백 명이 한꺼번에 파티를 열고
회식을 하고 건배를 하고 연중무휴
요란하고 벅적거리는 대궐 같은 집이다

그는 쇠를 자르고 기계를 분해하고
기름 먹이는 일을 하다 직장을 옮겨 우족을 자르고
뼈를 발라내고 피를 받아내는 일을 한다
소를 실은 차들과 고기를 실어 나르는
트럭들이 들락거리는 마당을 지나

전동 문을 열고 들어서니 피를 뒤집어쓴
잘린 소 대가리가 거대한 탑을 이루고 있다
바닥은 피와 똥과 체액으로 질펀한 갯벌이다
더운 피의 증기가 빽빽한 한증막이다
하수구 냄새와 범벅이 된 살 비린내가 고체 같다
욕탕 같은 수조는 똥과 내장의 늪이다

뜯긴 살점이 사방에 튀고 벽은 온통 피 얼룩이다
컨베이어 소리 기계톱 소리 갈고리 부딪는 소리

육절기 돌아가는 소리가 패널 벽에
왕왕 메아리 되어 울부짖는다

이곳에서 누군가는 지옥을 읽었다지만
지옥이 아니다
지옥과 닮지도 않았다
이곳은 천국의 부속 건물이다
천국의 주방이다

우리가 괜찮은 노동을 하고
그럴듯한 세상을 살고 있다는 자부심을 장만하는 곳이다

식당으로 돌아와 함께 떠들고 고기를 먹었다
맛이 있어서 불안했다
그러나 안도했다
지옥은 편입되고 없었다

(『유심』 2015년 9월호)

“구워 먹는 데만 하루에 황소 서너 마리를 소비한다는/대형 고깃집 수백 명이 한꺼번에 파티를 열고/회식을 하고 건배를 하고 연중무휴/요란하고 벅적거리는 대궐 같은 집”의 “뒷마당은 도살장”이다. 작품의 화자는 “그곳에서 일하는 친구 따라갔다”가 충격적인 장면을 만난다. “전동문을 열고 들어서니 피를 뒤집어쓴/잘린 소 대가리가 거대한 탑을 이루고 있”고 “바닥은 피와 똥과 체액으로 질편한 갯벌이다”. “더운 피의 증기가 빽빽한 한증막이”고, “하수구 냄새와 범벅이 된 살 비린내가 고체 같”고, “욕탕 같은 수조는 똥과 내장의 늪이다”. “뜯긴 살점이 사방에 튀고 벽은 온통 피 얼룩이”고, “컨베이어 소리 기계톱 소리 갈고리 부딪는 소리/육절기 돌아가는 소리가 패널 벽에/왕왕 메아리 되어 울부짖”고 있어 “지옥”이 따로 없다. 그런데 화자는 “지옥이 아니다”라고, 오히려 “천국의 부속 건물이”고 “천국의 주방이”라고 말한다. “괜찮은 노동을 하고/그럴듯한 세상을 살고 있다는 자부심을 장만하는 곳이”라고도 한다. “지옥”이나 “천국”이 우리의 관념적인 세계라면 “도살장”은 구체적인 세계이다. 따라서 “도살장”을 “지옥”이나 “천국”으로 구분할 수 없다는 것이다. “지옥”과 “천국”이 없는 곳에 우리의 “안도”가 있다는 것이다. ⓐ

늙은 호박을 밟은 적 있다

백상웅

가끔 있다, 노력해도 이룰 수 있는 삶은 없다는 걸
인정하는 저녁이.
마흔이며 쉰 너머의 한계가 보이는
늙은 호박 같은 저녁이.

퇴근길에 고향 친구랑 한 십 년 만에 통화하다가,
스물 넘고서부터 패배한 날들을 알린다.

둘 다 부족해서 여자에게 한두 번씩은 차였다.
너는 공무원 시험, 나는 신춘문예에
수 해 죽만 쑤다가
다 때려치우고 가끔 마른 넝쿨처럼 울었다.

취업하고 첫 월급 받아보니 그 끝이 아찔하니
이미 그른 것 같았다.
미처 따지 못하고 늙어버린 저녁이었다.

정권이 몇 번 바뀌어도, 계속 바뀌어 폭설에 파묻힌
얼어붙은 저녁이 와도,
내가 무능해서, 인생 내가 잘못 살았다고
자책하는 날이 왔다.

네 아버지 내 아버지도 그렇게 하는 수 없이

늙어갔을 텐데, 하며
수긍하는 저녁이 굴러왔다.
아비들의 그런 텅 비고 주름진 저녁에 바람은 좀 불었을까,

늙은 호박을 부러 밟은 적 있다.

(『실천문학』 2015년 봄호)

청년실업의 문제가 심각하다. 언론에서도 연일 이를 보도하고 있다. 이 시의 시인은 아직 제대로 된 정규직을 갖고 있지는 못한 듯하다. 벌써 "마흔이며 쉰 너머의 한계"를 생각하고 있기 때문이다. 우선 시인은 "노력해도 이룰 수 있는 삶은 없다는 걸/인정하는 저녁이" "가끔 있다"고 말한다. 이러한 저녁을 그는 "늙은 호박 같은 저녁"이라고 명명한다. "늙은 호박 같은 저녁"은 어떤 저녁인가. "퇴근길에 고향 친구"와 통화를 하며 "스물 넘고서부터 패배한 날들을 알"리는 날이 다름 아닌 그러한 날인 듯싶다. 고향 친구는 그와 함께 "둘 다 부족해서 여자에게 한두 번씩은 차"인 경험을 갖고 있다. 그는 친구와 함께 각기 목표로 하던 것을 다 때려치우고 "가끔 마른 넝쿨처럼" 운 적이 있다. 이미 어렵게 "취업하고 첫 월급 받아보니 그 끝이 아찔하니/이미 그른 것 같"은 체험을 한 것이 그이기도 하다. 그에게는 벌써 "늙어버린 저녁"이, 곧 "내가 무능해서, 인생 내가 잘못 살았다고/자책하는 날이" 와 있다. 이러한 자책의 날이 단지 그에게만 국한되어 존재하는 것은 아니다. "네 아버지 내 아버지도 그렇게 하는 수 없이/늙어갔을 텐데, 하며/수긍"을 하는 것이 그이다. 시를 매조지하면서 마침내 그는 "늙은 호박을 부러 밟은 적 있다"고 말하는데, 이때의 늙은 호박이 상징하는 것이 무엇인지를 여기서 구태여 밝힐 필요는 없으리라. (c)

하늘공원 야고

변종태

난지도의 새 이름 하늘공원에
만발한 억새풀 사이 걷다 듣는다.
귀에 익은 종소리, 물 건너 제주에서 듣던 그 종소리,
바람 불 때마다 딱 한 번만 들려주는 소리,
무자년* 분홍 종소리 예서 듣는다.
부끄럼에 상기한 볼, 아니란다.
억새 뿌리에 몸을 감춘 채
살아야, 살아남아야 했던 이유 있었단다.
잎사귀 같은 서방 산으로 가 소식 끊기고
돌배기 딸년의 울음소리 데리고 찾아 나선 길,
어디서 시커먼 그림자 서넛이
휘릭 바람을 타고 지나칠 때
아이의 울음 그러 막으며 억새밭에 납작하게 엎드린 목숨,
이제나 저제나 수군거리는 소리 잦아들까.
틀어막은 입에서 새던 가느란 숨소리마저 잦아들고
붉게 상기한 볼, 딸아이 가슴을 텅텅 치며
목 놓아 부르던 딸아이 이름,
야고야 야고 야고.
핏빛 물든 억새 밑동에 몰래 묻어야 했던 분홍 종소리,
오늘 예서 듣는다.
서울 복판 하늘공원 발그레 울려온다.

* 무자년 : 제주 4 · 3사건이 일어나던 해.

(『시산맥』 2015년 봄호)

작품의 화자는 "난지도의 새 이름 하늘공원에/만발한 억새풀 사이 걷다"가 "귀에 익은 종소리, 물 건너 제주에서 듣던 그 종소리"를 듣는다. "바람 불 때마다 딱 한 번만 들려주는 소리,/무자년 분홍 종소리"이다. "무자년"이란 1948년으로 4 · 3항쟁이 일어난 해이다. 따라서 "하늘공원"의 "억새풀"에서 듣는 소리는 "억새 뿌리에 몸을 감춘 채/살아야, 살아남아야 했던" 한 여인이 낸 것이다. 그녀는 "잎사귀 같은 서방 산으로 가 소식 끊기고/돌배기 딸년의 울음소리 데리고 찾아 나선 길"이었는데, "어디서 시커먼 그림자 서넛이/휘릭 바람을 타고 지나칠 때/아이의 울음 그러 막으며 억새밭에 납작하게 엎드"렸다. 그리고 "이제나 저제나 수군거리는 소리 잦아들까" 기다렸는데, 그만 "틀어막은 입에서 새던 가느란 숨소리마저 잦아들고" 만 것이다. "붉게 상기한 볼, 딸아이 가슴을 텅텅 치며/목 놓아" "딸아이 이름"을 부르던 여인의 울음소리, "야고야 야고 야고." 그 여인의 목소리는 "핏빛 물든 억새 밑동에 몰래 묻어야 했던 분홍 종소리"이다. 화자는 그 소리를 "서울 복판 하늘공원"에서 듣는데, 역사는 이만큼 질고도 무겁다. 임의로 지우거나 옮길 수 없는 것이다. (a)

벌

복효근

지독한 벌이다

이중으로 된 창문 사이에
벌 한 마리 이틀을 살고 있다

떠나온 곳도 돌아갈 곳도 눈앞에
닿을 듯 눈이 부셔서

문 속에서 문을 찾는
벌

—당신 알아서 해
싸우다가 아내가 나가버렸을 때처럼

무슨 벌이 이리 지독할까

혼자 싸워야 하는 싸움엔 스스로가 적이다
문으로 이루어진 무문관(無門關)

모든 문은 관을 닮았다

(『창작과비평』 2015년 겨울호)

지독한 벌이라니, 재미난 중의법이다. 이중으로 된 창문에서 이틀이나 살고 있는 벌이니 지독하고, 그 벌에게 이 형벌은 지독하기 그지없다. "문 속에서 문을 찾는" 난해한 화두 앞에서 그 벌 참 난감할 것이다. 이런 벌은 미물에게나 내려지는 게 아니다. 싸우다 아내가 나가버렸을 때 화자는 비슷한 처지에 있었다. 문 속에서 문을 찾아야 하는 벌, 집 속에서 집을 찾아야 하는 벌. 무문관(無門關)은 선종 제일의 문으로, 무형의 관문이다. 앞문도 뒷문도 샛문도 없어 도저히 빠져나갈 구멍이 없다. 이 문을 통과하기 위해 제일 먼저 버려야 할 것은 사량 분별심이라고 한다. 문이지만 문이 없는 곳에서 나가기 위해서는 그것이 문이라는 생각부터 없애야 하는 것이다. 무문관 앞의 인간은 문 안에서 문을 찾지 못하는 벌과 똑같은 처지이다. 무문관은 해탈의 문이 될 수도 있고 영원한 무덤이 될 수도 있다. 이중창에 갇힌 벌 한 마리를 통해 선종의 오랜 화두를 끌어낸 시이다. 우리의 일상이 내포하고 있는 녹록치 않은 화두를 되새겨보게 한다. (d)

백 톤의 질문

서안나

뒤돌아보면
가을이었다
소주가 달았다
내가 버린 구름들
생강나무 꽃처럼 눈이 매웠다

고백이란 나와 부딪치는 것
심장 근처에 불이 켜질 때
그렇게 인간의 저녁이 온다

불탄 씨앗 같은 나를 흙 속에 파묻던 밤
죄 많은 손을 씻으면
거품 속으로 사라지는 두 손은 슬프다
어떤 생은 어떤 눈빛으로
커튼을 닫고 밥을 먹고 슬픔을 물리치나

깨진 중국 인형의 눈동자 속에서
울고 싶은 자들이 운다
죽은 꽃이 죽은 꽃을 밀고 나오는
부딪치는 밤이었다

돌아누우면
물결이던
애월

(『시와 경계』 2015년 봄호)

작품의 화자는 걸어가다가 "가을"이 되었음을 발견한다. "가을"은 수확과 풍요의 계절이기도 하지만 겨울의 초입이기도 하다. 한 세상의 길이 끝나는 시발점인 것이다. 그리하여 "가을"은 이별과 상실의 계절이기도 하다. 박인환 시인이 "목마는 주인을 버리고 그저 방울 소리만 울리며/가을 속으로 떠났다 술병에서 별이 떨어진다"(「목마와 숙녀」)라고 노래한 것이 그 좋은 예이다. 위의 작품의 화자가 "소주가 달"다고 느끼거나 "내가 버린 구름들/생강나무 꽃처럼 눈이" 맵다고 느끼는 것도 마찬가지이다. 그렇지만 자신의 몸을 넣었던 시간을 원망하지 않는다. 오히려 "고백"을 통해 "불탄 씨앗 같은 나를 흙속에 파묻"는다. 그렇게 "죄 많은 손을 씻으면/거품 속으로 사라지는 두 손은 슬"프지만, "심장 근처에 불이 켜"지고 "인간의 저녁이" 오는 것을 느낀다. "죽은 꽃이 죽은 꽃을 밀고 나오는" 것도 기대한다. 화자의 심정이 "부딪치는 밤"은 "애월"과 관계가 깊다. "애월"의 "물결"은 밀려갔다가 돌아오지만 다시 밀려간다. 그렇지만 다시 돌아올 것이다. 이것이 해안가 달(涯月)의 운명이고, 사랑의 운명이다. (a)

풍향계

성동혁

나는 천박해지고 있다 다리를 올리고 천천히 사랑에 빠지고 있다
장마는 철창을 뜯고 거실까지 들어온 손님이었다
죽음은 철창을 뜯고 침실까지 들어온 손님이었다
풍향계는 누구의 손으로 이리 세차게 흔들릴까
누가 구름에 바셀린을 발라놓았을까 손을 놓아도 돌아가는
한 방향으로 한 방향으로 도는 연못은 누가 파놓은 걸까
나는 덕분에 천박해지고 있다 다리를 올리고 천천히 사랑에 빠지고 있다
배 위에서 애인은 죽음과 한 방향으로 움직였다
그녀는 나를 파란 수국이라 불렀다 내가 만든 푸른 멍들을 해변의 묘지*라 불렀다
옷을 벗고 하는 이야기는 자주 바뀐다며 산책을 하자고도 했다

* P. VALERY, Le Cimetiere Marin.

(『현대시학』 2015년 1월호)

한 구절만으로도 마음을 뒤흔들며 영원히 각인되는 시들이 있다. "바람이 분다! …… 살아봐야겠다"는 폴 발레리의 「해변의 묘지」도 그러하다. 책장을 흐트러뜨리고 파도를 뒤집는 이 바람은 정체된 삶을 타격하며 더 격렬하게 살아보라고 등을 떠민다.

움직임으로 가득한 이 시는 매혹적이다. 바람과 구름과 비로 가득하다. 불안한 대기는 끊임없이 움직이며 풍향계를 흔든다. 이 시에서는 '죽음'조차 활력으로 가득하다. "죽음은 철창을 뜯고 침실까지 들어온 손님"이라니. 바람으로 가득한 이 시에서 연인들은 헤어날 길 없는 사랑을 나누고 있다. 바람의 기운이 지배하는 이 시는 퇴폐적인 것이 어떻게 아름다운지, 사랑은 왜 종종 죽음과 한몸이 되는지를 감각적으로 드러내 보인다. (d)

복숭아나무를 심다

성백술

오늘은 산비탈 묵정밭을 일궈
복숭아나무를 심었습니다

당장은 무슨 복숭앗빛 꿈이
주렁주렁 열리는 것도 아닌데
우거진 칡덩굴이며 가시나무들을 쳐내고
깊이깊이 구덩이를 파내면서
돌무더기에 손발이 긁히고
팔 다리 허리 안 아픈 곳이 없었습니다

꽃이 피고 지고 새는 또 울고
한 해 두 해 세 해 몇 년을 자라야
잘 익은 금빛 복숭아 탐스러운
무슨 도원의 결의 같은 굳은 열매
바구니가 무겁도록 따 담을 수 있을는지
그런 것 지금으로서야 알 수 없는 일이지만
단지 지금은 먼 내일을 위해
한 그루의 희망을 심어야 하는
바람 시린 봄날

거세게 몰아치는 바람은
어지러운 황사를 자욱이 몰고 와

입술이 푸르도록 부르트게도 하지만
아직 조그만 눈망울을 닮은 애기나무들
줄기를 키우고 잎을 피워 올릴 수 있도록
잘 썩은 밑거름과 함께
땅속 깊이 뿌리를 다져 넣었습니다

그깟 산비탈 밭의 복숭아나무
하루아침에 희망이 행복이
찾아와주리라고 믿는 것은 아닙니다
단지 꿈이라든가 희망이라든가
먼 훗날을 위해 심고 가꾸어야 하는
복숭앗빛 향기 가득한 미래
당신의 부푼 젖가슴 같은 탐스러운 열매를 위해

(『리토피아』 2015년 봄호)

작품의 화자는 "산비탈 묵정밭을 일궈/복숭아나무를 심"는다. "당장은 무슨 복숭앗빛 꿈이/주렁주렁 열리는 것도 아"니지만 "우거진 칡덩굴이며 가시나무들을 쳐내고/깊이깊이 구덩이를 파내면서" 심는다. "바구니가 무겁도록 따 담을 수 있을는지/그런 것 지금으로서야 알 수 없는 일이지만/단지 지금은 먼 내일을 위해/한 그루의 희망을 심"는 것이다. 화자가 "복숭아나무를 심"는 행동은 미래를 희망하는 행동이기보다는 현재의 반항으로 볼 수 있다. 카뮈가 『시시포스의 신화』에서 현재의 부조리한 상황을 극복하기 위해서는 자살이나 희망보다도 반항을 제시한 것과 같은 것이다. "내일 지구의 종말이 오더라도 나는 오늘 한 그루의 사과나무를 심겠다"고 스피노자도 반항하지 않았는가. ⓐ

수의 같은 안개는 내리고

손유미

신이 멀어
귀신의 손을 잡는다.

아름답지 못할 바에는
잡귀가 되는 편이 좋다.

벙어리의 사랑을 무시했던
옛날이야기는 다시 씌어져야 한다.

말 없음은
기도가 저주임을 너무 일찍 알아버린 탓이었다.

탯줄로 자라지 못하고
미움을 먹고 자라 그랬겠다.

정오보다 못생겼겠지

귀신은 거울의 뒷면과 더 친하다.

다정한 표정을 갖고 싶어
얼굴에 다섯 밤(正)씩 새겨 넣었다.

신은 하나였지만
내 것은 아닌 것 같았다.

버림받을 바에야.

매일 밤
송곳니를 빼고 아득바득 노는 여자를 안다.

미래의 어느날
송곳니가 심장의 모양으로 동그래지면
모나지 않은 사랑 노래를 부를 수도 있겠지.

수의(壽衣) 같은 안개는 내리고……

저 안엔 친구들이 많아
저들의 손을 잡아야 잠에 든다.

(『창작과비평』 2015년 여름호)

귀신이 노는 세계가 이러할까? 서양 문학에서는 마녀들이 등장하는 경우가 많지만 우리 문학에서 귀신의 세계를 그리는 경우는 많지 않다. 수의 같은 안개가 내리는 음산한 분위기 속에서 상처받고 소외된 존재들이 등장한다. 이 시에 등장하는 귀신은 쓸쓸하게 버림받아 혼자 놀고 있다. 흔히 상상하는 것처럼 인간세계로 침범하여 해코지하는 것이 아니라 거울의 뒷면에서 조용히 혼자 논다. 송곳니도 빼놓고 "아득바득" 놀아본다. 송곳니가 심장 모양으로 동그래지기까지 이렇게 놀다 보면 "모나지 않은 사랑 노래"도 부를 수 있을 것이다. 이 시의 화자는 수의 같은 안개 너머에서 놀고 있는 이런 친구들을 많이 안다. 화자 역시 신은 멀게 느끼고 귀신은 가까이 느끼는 쓸쓸한 존재이다. 그 예민한 촉수에 안개 너머 버림받은 자들의 세계가 새롭게 열린다. (d)

나를 사랑하는 사람들

송경동

늦은 밤 집에 들어오니
아내가 우편물 한 묶음을
한심하다는 듯 내놓는다
종로경찰서 영등포경찰서 서초경찰서 남대문경찰서 서울중앙지법
골고루 다양한 곳에서 여섯 통의 소환장이
한날한시에 와 있다
담합이라도 하지 않는 이상, 이럴 수가……
한 장은 기륭전자 비정규직과 함께 을지로입구 사거리에서 붙었던 날
한 장은 쌍용차 해고자들과 대법원 앞에서 한 번 붙었던 날
또 한 장은 LGU+ SK브로드밴드 비정규직 벗들과 함께 국회 앞에서 한판 하던 날
또 한 장은 두 명의 비정규 노동자들이 명동 중앙우체국 앞 광고탑 고공 농성에 돌입하던 날
또 한 장은 그 모든 이들과 함께 갔던 청와대 앞
또 한 장 중앙지법에서 온 것은 세월호 추모집회 관련 재판 소환
우리 기준으로는 기자회견에 추모제거나 문화제거나 측은지심이거나 양심과 지속 가능한 사회를 위한 연대……
저들 기준으로는 미신고집회 주최 집회시위에관한법률위반 해산불응 구호제창 피켓팅 기준소음초과 건조물침입 특수공무집행방해 일반도로교통방해……

빨리 간이 쪼아들어야 하는데
오랜만에 아이를 위해

쇠고기 장조림을 조리려고
메추리알을 잔뜩 사 온 날이었다
장조림을 하느라
저토록 간절하게 나를 다시 만나고 싶다는
편지들을 자세히 읽어줄 틈도 없다
이제 나를 한시라도 빨리 만나고 싶다는 이들은
대부분 경찰들과 판사들뿐이다
근래엔 18번을 이선희의 〈인연〉으로 바꿨다
얼마 전 희망버스 주동으로 1심에서 실형 2년을 선고받고
간신히 보석으로 살아 나온 날이었다
가사가 참 맘에 들었다
"2년이라고 하죠. 거부할 수가 없죠"
그다음 구절이 더 좋았다
"내 생애 이처럼 아름다운 날 또다시 올 수 있을까요"
그다음 구절은 또 어떠한가
"고달픈 삶의 길에 당신은 선물인걸"
처음 시작도 참 좋다
"약속해요. 이 순간이 다 지나고 다시 보게 되는 그날
모든 걸 버리고 그대 곁에 서서 남은 길을 가리란 걸……"

그런다고
나를 향해 돌아선
아이의 마음이 돌아설까마는

짭짤하니 좋다
무엇이
장조림이?
내 인생이?

(『현대시학』 2015년 4월호)

작품의 화자는 "한날한시에"에 "여섯 통의 소환장"을 받고 "기륭전자 비정규직과 함께 을지로입구 사거리에서 붙"은 일, "쌍용차 해고자들과 대법원 앞에서" 맞선 일, "LGU+ SK브로드밴드 비정규직 벗들과 함께 국회 앞에서" 집회한 일, "두 명의 비정규 노동자들이 명동 중앙우체국 앞 광고탑 고공농성에 돌입"해 함께한 일, 그리고 비정규직 노동자들과 함께 "청와대 앞"에서 집회를 한 일 등을 떠올린다. 물론 "세월호 추모집회"도 있었다. 경찰서와 법원은 노동자들을 "미신고집회 주최 집회시위에관한법률위반 해산불응 구호제창 피켓팅 기준소음초과 건조물침입 특수공무집행방해 일반도로교통방해" 등의 죄목으로 탄압하지만, 노동자들은 "기자회견에 추모제거나 문화제거나 측은지심이거나 양심과 지속 가능한 사회를 위한 연대" 행동으로 생각한다. 그리하여 화자는 "오랜만에 아이를 위해/쇠고기 장조림을 조리려고/메추리알을 잔뜩 사 온 날"이기에 "장조림을 하느라" 그 "소환장"을 "자세히 읽어줄 틈도 없다"고 능청을 부린다. 그리고 "경찰들과 판사들"은 협박하거나 회유할 것이 분명하므로 고민하기보다는 자신의 18번 곡인 "이선희의 〈인연〉"을 흥얼거린다. 화자는 "가사가 참 맘에 들"어 그 노래를 좋아한다. 특히 비정규직 노동자들과 연대해서 맞서는 투쟁이기에 "거부할 수가 없"을 뿐만 아니라 "내 생애 이처럼 아름다운 날 또다시 올 수 있을까"라고 따라 부른다. 노동자들을 "사랑하는 사람들"로 여기고 함께하는 것이다. ⓐ

늙은 아비의 길은 점자 보도블록만 따라 걷는다

송유미

더듬더듬 눈먼 지팡이 하나
길의 눈알을 곶감처럼
하나씩 빼먹으며 지나간다.
톡톡…… 꿈이 닿지 않는 키보드처럼
제대로 밟아보지 못한 아쉬운 길도
텅 빈 머릿속을 지나가고 있다.
감추어놓은 욕망처럼 숨은 길은
길 안에서 자꾸 실타래처럼 꼬인다.
항상 안으로 꼬리를 감춘 길이 문제이다.
어떤 길은 걸어갈수록 오리무중(五里霧中)이다.
어떤 길은 등나무처럼 끈질긴 절망을 이기고
디아스포라, 먼 하늘에 닿기도 한다.
몸부림칠수록 몸이 더러워지는 길도 있다.
뉘우침으로 뒤범벅된 길들의 탄식은
김삿갓의 모자 같은 점자 보도블록이
힘없이 끊어진 곳에서만 들리고, 어둠에 빠진 길들이
맨홀 뚜껑을 열고 나와 대로를 질주하기도 한다.
제대로 노후 대책도 없이 직장에서 모가지 잘린
늙은 아비의 길은 점자 보도블록만 골라 걷는다.
캄캄하게 길이 보이지 않을 때까지
흥얼흥얼…… 길은 노란 모자를 쓰고……

(『딩아돌하』 2015년 여름호)

"노후 대책도 없이 직장에서 모가지 잘린 늙은 아비"가 절망감과 가족들에 대한 책임감 때문에 무거운 마음으로 새로운 길을 찾아가고 있다. "눈먼 지팡이 하나"는 절망을 이기고 불확실한 미래를 향해 "숨은 길"을 찾아가야 하는 그를 상징적으로 보여주고 있다. 이전에 가보지 않은 길을 탐색하며 "꼬리를 감춘 길"을 걸어서 "디아스포라"의 신세가 되었으나 새로운 희망의 하늘을 향해 걷는 그의 모습이 애처롭고 숭고하게 느껴진다. 때로는 희망을 되찾기 위해 몸부림치고 뉘우침으로 탄식하기도 하면서 끊어진 길을 지나 "대로를 질주"하기도 한다. 이미 실패를 맛본 터라 "점자 보도블록"을 더듬듯이 조심스럽게 "길이 보이지 않을 때까지" 새 길을 열어가는 늙은 아비는 어두운 시대로부터 소외당한 이들의 전형적 모습일 것이다. (b)

3월

송찬호

지난가을, 애인과 함께 달아난 해바라기꽃을 따라
남쪽 국경을 넘어간 추격대의 편지를
다시 꺼내 읽는다
그들은 언제 다시 꽃을 몰고 돌아오나

간밤 밤새 바람 불고 달빛이 창문에 부서져
아침에 나가보니
달이 노랗게 움튼 산수유나무 한 가지를 꺾어갔다

멧새들이 날아와 전깃줄에 주욱 일렬로 앉아 있다
지난겨울 어떤 새가 죽어
그의 재산을 어떻게 나눌 것인가 시끄럽게 논의하는 모임 같았다
나는 새의 조합원이 아니어서 그냥 잠자코 듣기만 하였다

빨랫줄을 매고자 청을 넣을 때마다
소리만 꽥 지르던 회화나무가
이번엔 순순히 어깨 가지를 내준다
아랫집 독거노인이 앰뷸런스에 실려 다시 나오지 못할 요양원엘 간다

(『시에티카』 2015년 하반기)

해바라기가 "애인"을 찾아 떠나고 태양이 고도를 낮추어가는 가을에 함께 져버린 꽃들이 피기를 기다리며 "추격대의 편지를/다시 꺼내 읽는다". 꽃다운 청춘들이 다투어 떠나 텅 빈 고향에도 봄소식이 전해 오리라는 기대감으로……. 밤새 바람이 사납고 달빛이 유난히 환한 게 수상하여 아침에 서둘러 나가보니 일찍 핀 산수유 가지 하나가 불길한 징조처럼 꺾여 사라져버렸다. 냉기가 조금 가신 햇볕을 쬐러 "멧새들이 날아와 전깃줄에 일렬로 앉아" 겨울을 지내다 죽은 새의 재산 분배를 논의하고 있다. 그 "새의 조합원"은 죽은 새, 아니 고향을 지키다 간 "독거노인"의 피붙이들일지도 모른다. 잠자코 듣고 있던 화자가 겨우내 묵은 빨래를 빨아서 널려고 "빨랫줄을 매며 청을 넣"는데 어깨를 내어주는 "회화나무"는 어느 너그러운 이웃의 모습 같다. "아랫집 독거노인"이 또 죽음을 준비하러 앰뷸런스에 실려 요양원으로 가는 한가한 농촌의 3월 풍경이 너무 스산하다. (b)

폭탄 돌리기

신미균

심지에 불이 붙은 엄마를
큰오빠에게 넘겼습니다.

심지는 사방으로 불꽃을 튀기며
맹렬하게 타고 있습니다.

큰오빠는 바로 작은오빠에게
넘깁니다.

작은오빠는 바로 언니에게
넘깁니다.

심지가 얼마 남지 않았습니다.

언니는 조금의 망설임도 없이
바로 나에게 넘깁니다.

내가 다시 큰오빠에게 넘기려고 하자
손사래를 치며 받지 않겠다는 시늉을 합니다.
작은오빠를 쳐다보자
곤란하다는 눈빛을 보냅니다.
언니는 쳐다보지도 않고
딴청을 부립니다.

그사이 내 손에 불이 붙었습니다.

깜짝 놀라 엉겁결에
들고 있던 폭탄을
공중으로 던져버렸습니다.

엄마의 파편이
우리들 머리 위로
분수처럼 쏟아집니다.

(『시와시』 2015년 봄호)

"심지에 불이 붙은 엄마를/큰오빠에게 넘" 기자 "큰오빠는 바로 작은오빠에게/넘" 기고 "작은오빠는 바로 언니에게/넘" 긴다. 그러자 "언니는 조금의 망설임도 없이/바로 나에게 넘" 긴다. "내가 다시 큰오빠에게 넘기려고 하자/손사래를 치며 받지 않겠다는 시늉을" 하고, "작은오빠를 쳐다보자/곤란하다는 눈빛을 보" 내고, "언니는 쳐다보지도 않고/딴청을 부" 린다. 자식들이 "엄마" 를 "폭탄 돌리기" 하는 모습에서 씁쓸함을 갖지 않을 수 없다. '효(孝)' 의 의미는 자식[子]이 늙은이[耂, 어버이]를 받드는 것이다. 그리하여 우리 사회에서는 부모에 대한 효가 도덕 규범의 기초였다. 자신을 낳아주고 길러주고 보살펴주는 부모를 섬기는 일을 인간의 도리로 삼은 것이다. 자식이 공양하려고 하지만 부모는 기다려주지 않는다(子欲養而親不待). 폭탄이 터지듯 부모가 이 세상에서 사라졌을 때 어떻게 파편을 맞지 않을 수 있겠는가. ⓐ

우리 모두의 마술

신용목

그런 풍경은 보이지 않는 풍경을 보여주는 풍경이라고 말할 수 있다.
삼성역을 나왔을 때
유리창은 계란 칸처럼 꼭 한 알씩 태양을 담았다가 해가 지면 가로등 아래 깨뜨린다.

그들이 스스로 높이를 메워버린 후 인간은 겨우 추락하지 않고 걷게 되었다고 말할 수 있다.
잃어버린 날개 때문에 지하철을 만들었다고……
삼성역 4번 출구 뒷골목을 걷다가 노란 가로등 아래를 지나며 울게 되었다고 말할 수 있다.
눈을 감으면,
유리창에 비친 뺨을 벽에다 갈며 지하철이 지나간다. 땅속의 터널처럼, 밤이 보이지 않는 뒷골목이라면 가로등은 끝나지 않는 창문이라고……

냉장고 문을 닫아도 불이 켜져 있어서 환하게 얼어 있는 얼굴이 보이는 것이라고 말할 수 있다.

그리고 이런 마술은 아직 초연되지 않은 마술을 재연하는 마술이라고 말할 수 있다.
삼성역을 지나갈 때
이쪽 빌딩에 나타났던 택시가 사라졌다가 저쪽 빌딩에 나타나는 것을 보면, 나는 언제든 사라질 수도 나타날 수도 있을 것 같다.
이렇게 달려가면서,
아무 데서도 보이지 않을 수 있을 것 같다. 우회전을 하면 다리를 건너는데……

백미러 속에서 누군가 달려오고 있었다.

깨진 유리 속이면 사람은 한 명으로도 군중을 만든다. 인간은 끝나지 않는다.

(『한국문학』 2015년 봄호)

산골의 해가 산 너머로 지듯 도시의 해는 빌딩 너머로 사라진다. 삼성역의 높다란 빌딩 숲으로 해가 지면 가로등에는 그 빛을 나눠 받은 듯 노란 등이 켜진다. 밤에도 어두워지지 않는 도시의 마술이 시작된다. "유리창에 비친 뺨을 벽에다 갈며 지하철이 지나간다" 해도 무참하게 갈렸던 사람들의 뺨은 멀쩡하게 되살아난다. 웃는 여인이 들어 있는 상자에 칼을 꽂았다가 상자를 펼쳤을 때 그녀가 말끔한 몸으로 튀어나오는 무서운 마술처럼 도시의 마술은 대단하다. 차가운 냉장고 같은 도시의 빌딩은 어둠 속에서도 빛나고 그 안에는 "환하게 얼어 있는 얼굴"들이 가득하다. 빌딩 밖으로 나오면 그 얼굴은 금세 따뜻하게 풀릴 것이다. 도시의 마술은 데이비드 코퍼필드가 펼쳤던 세기의 마술보다도 현란하다. 모든 차들이 이쪽 빌딩으로 사라졌다 저쪽 빌딩으로 나타나는 마술을 반복한다. 백미러 속으론 끝없이 누군가 달려오다 사라지고, 깨진 유리만 있다면 한 명으로도 군중을 만들 수 있다. 도시에서라면 우리 모두 최고의 마술사가 될 수 있다. 아니 어쩌면 도시 자체가 최고의 마술로 이루어진 신기루 아닐까. (d)

우수

심재휘

봄비가 내리기 시작한다는 날
유리창에 붙어 서서
바깥과 내통을 하는 저 푸른 기립이
발을 달고 누운 죽음보다 어여쁘다고 해야 하나
뒤만 보여주는 꽃 피기 전의 화초 뒤에 앉아
새 잎들이 먹고 남긴 햇살을 마저 받아먹는다
어린것보다 나중에 먹는 기쁨은
봄 햇살에서 조금 멀어지는 생전

입춘과 우수의 순서가 뒤바뀔 수 없다는 것은
말하지 않아도 모두가 아는 것인데
그것도 보여주어야 아는 자식이 있는지
아버지 추위 속에 가시고
생전이라는 말, 사후라는 말
무엇의 전후라는 것인지
전후를 위해 굳이 서둘러 가신 것은 아닌지
비가 오지를 않아도 우수는 오고
햇갈 가득 가슴에 들어오는 우수를
순리가 아니라 말할 수 없으니 아버지처럼
언젠가는 꽃 핀 것들보다 먼저
오늘의 우수를 벗고
우주를 벗고

(『시와정신』 2015년 봄호)

우수는 입춘과 경칩 사이에 있는 절기이다. 아버지가 추위 속에 떠나셨는데도 봄은 어김없이 찾아온다. 눈이 녹아서 비가 된다는 우수에 어느새 햇살은 따스해 화초에 푸른빛을 더한다. 시인의 섬세한 눈길은 새 잎에게 햇살을 양보하고 새 잎들이 먹고 남긴 햇살을 마저 먹는 화초에 가닿는다. "어린것보다 나중에 먹는 기쁨"으로 사는 것이 먼저 나온 부모의 마음일까. 어린 것들이 꽃을 피우기까지 햇살을 가리지 않게 뒤만 지키다가 언젠가는 꽃 핀 것들보다 먼저 떠나가는 것이 그 삶이 아닐까. 입춘과 우수의 순서가 뒤바뀌지 않는 것처럼 부모와 자식의 관계 또한 뒤바뀌지 않는다. 이 세상 떠나는 마지막 순간에야 우수고 우주고 다 벗고 홀가분해지리라. (d)

새벽 담배

안상학

새벽잠 깨어
어둠살 속 담배를 당기며
내 입 근처와 재떨이를 오가는 담뱃불을 보면서
바보같이 반딧불 닮았다 생각해보네
반딧불이라 생각해보네

누구에게 보내는 짝짓기 신호일까 춤사윌까
명멸하는 빨간 이 반딧불은
어떻게 사랑하고 어느 숙주에 알을 슬까
어느 결에 재떨이로 투신하는 짧은 선회
사랑도 없이 무정의 알을 슬고 사그라지는
끝내 달팽이나 다슬기 같은 숙주를 찾지 못한
불쌍한 반딧불이라 생각해보네

새벽 담배를 끄고
별다른 온기 없는 방에 누워
이따금 어느 여인과 혹은 친구
어떤 과거나 미래 같은 것들을 생각해보네
제풀에 사그라지는 내 마음을 생각해보네
끝내는 나도 누군가가 이 됫박 같은 방에 슬어놓은
무정의 알이라 생각해보네 마침내는
아무렇지도 않게 사랑하고 새끼 치고 사그라지는
여느 반딧불이보다도 못하다 정작 생각해보네

(『열린시학』 2015년 가을호)

작품의 화자는 "담뱃불을 보면서" "반딧불이라 생각해"보는데, 암수 서로에게 "보내는 짝짓기 신호"나 춤사위처럼 보이기 때문이다. 또한 "어느 결에 재떨이로 투신하는 짧은 선회"의 "담뱃불"이나 성충이 된 뒤 1주일 정도 산다고 알려져 있는 "반딧불이"의 일생이 짧다고 생각하기 때문이다. 그리하여 화자는 "명멸하는 빨간 이 반딧불"을 보며 자신의 일생도 생각한다. "아무렇지도 않게 사랑하고 새끼치고 사그라지는/여느 반딧불이보다도 못하다"고 여기는 것이다. 그렇지만 짝짓기를 하고 알을 낳고 일생을 마치는 존재들의 운명을 허무하다고 말하는 것은 아니다. 화자에게 허무란 존재 자체가 아무것도 아니라는 부정어가 아니라 유한한 운명에 대한 인식이다. "사그라지는" 운명 앞에서 기꺼이 무너질 수 있다는 것이다. 그 용기가 있기에 "새벽 담배"를 노래한 것이리라. ⓐ

수학여행 가는 나무

안현미

나무는 쓴다 우리 모두가 연루되어 있다고 겨울에도 봄에도 여름에도 가을에도 수요일에도 수요일에도 수요일에도 떠나지 못할 거라고 쓴다 결국 떠날 수 있는 건 없다고 쓴다 다만 울음이 바닥났을 뿐이라고 나무는 쓴다

나무는 운다 굴뚝 위에 독재 위에 철탑 위에 올라간 사람들과 살아남은 자의 슬픔을 위해 나무는 운다 우리는 까닭이고 바보라고 나무는 운다

뿌리는 간다 어둠을 뚫고 바위를 타고 계급을 넘어 뿌리는 간다 울음을 찾아 울음의 핵심을 향해 울음의 연대를 위해 뿌리는 간다 사월로 오월로 세월에로 뿌리는 간다

나무는 난다 세계는 늘 위독하지만 특별해서 사랑한 것이 아니라 사랑해서 특별해진 이제는 돌아오지 못할 그 특별한 사랑을 기억하며 기록하며 나무는 난다 나무는 날아오를 것이다

(『창작과 비평』 2015년 봄호)

이 시의 제목이기도 한 '수학여행 가는 나무'는 무엇을 가리키는가. 나무가 수학여행을 가다니! 이 시에서 나무는 "우리 모두가 연루되어 있다고 겨울에도 봄에도 여름에도 가을에도 수요일에도 수요일에도 수요일에도 떠나지 못할 거라고 쓴다". "결국 떠날 수 있는 건 없다고" 쓰는, "울음이 바닥났을 뿐이라고" 쓰는 나무는 무엇인가. 나무는 울기도 한다. "굴뚝 위에" "철탑 위에 올라간 사람들과 살아남은 자의 슬픔을 위해" 울기도 하는 것이 나무이다. 나무는 가기도 한다. 나무만 가는 것이 아니다. 나무의 뿌리도 간다. "어둠을 뚫고 바위를 타고 계급을 넘어" 가는 것이 뿌리이다. "울음을 찾아 울음의 핵심을 향해 울음의 연대를 위해 뿌리는 간다". "사월로 오월로 세월에로" 말이다. 이때의 뿌리는 또 무엇인가. 아무래도 뿌리는 대한민국의 근대사를 가로지르는 항쟁의 전통과 무관하지 않은 듯하다. 사월과 오월을 지나 '세월'에로 가는 뿌리 말이다. 세월이라니? 이때의 세월이 2014년 4월 16일에 침몰한 여객선인 세월호를 가리키리라는 것은 불문가지이다. 나무의 의미망은 이렇게 하여 구체화된다. 시인은 세월호에 탑승했다가 죽은 단원고 학생들을 '나무'라고 부르는 것이다. 마침내 "나무는 난다". "이제는 돌아오지 못할 그 특별한 사랑을 기억하며 기록하며 나무는 난다". 나무가 날아오르는 하늘은 정말 맑고 깨끗하고 투명했으면 좋겠다. 더는 거짓과 사기와 폭력이 횡행하지 않는 세상 말이다. (c)

냉장고

안효희

냉장고가 냉기를 두려워하기 시작할 때
벽과 내통하는 코드를 뽑는다

코드가 뽑히는 순간
살아 있음을 증명하던 갖가지 신음이
뚝! 정전처럼 사라지면
고요가 조용히 숨을 쉰다

긴장 없이 활짝 열리는 문
눈이 부시도록 마주하는 세상의 빛
얼고 얼었던 숨통이 트이며
그동안의 인내와 알 수 없는 고뇌가
녹으면서 줄줄 흐르는 물길을 낸다

썩어버린 사과가
내장처럼 물컹 쏟아져 나오고
정지되었던 무지개떡의 오색 꿈이
조금씩 해동되기 시작한다

수없이 들랑거리던 누군가의 손가락이
깡깡 언 슬픔을 털어낸다

배추김치, 무김치가 세상 밖에서 부글부글

끓어오르는 육체를 맛보는 동안

잠시 냉장고였던 몸은
느린 동작으로 새로운 세계를 맞이한다

늙은 시계가 드디어 작동하기 시작한다
알 수 없는 말을 하는 흐르는 눈물

(『시를 사랑하는 사람들』 2015년 8–9월호)

"냉장고가 냉기를 두려워하기 시작할 때"는 생명이 다한 순간이다. 그리하여 "코드가 뽑히는 순간/살아 있음을 증명하던 갖가지 신음이/뚝! 정전처럼 사라"진다. 그리고 "고요가 조용히 숨" 쉴 뿐만 아니라 "얼고 얼었던 숨통이 트"인다. 결국 "잠시 냉장고였던 몸은/느린 동작으로 새로운 세계를 맞이"하는 것이다. 누구나 죽음의 세계에 들어갈 수밖에 없다. 자신의 인연들과 영원히 단절되기에 고통스럽고 그곳에 다녀온 자가 없기에 두렵다. 그리하여 그곳에 들지 않기를 바라지만, 인식을 바꿀 필요가 있다. 사랑하는 부모님과 형제들과 친척들과 친구들이 앞서 간 그곳은 평화와 위안과 축복이 마련되어 있지 않겠는가. 생명이 다한 "냉장고"가 보여주듯이 "긴장 없이 활짝 열리는 문"이 있고, "눈이 부시도록 마주하는 세상의 빛"이 존재하지 않겠는가. (a)

면벽의 유령

안희연

여름은 폐허를 번복하는 일에 골몰하였다

며칠째 잘 먹지도 않고
먼 산만 바라보는 늙은 개를 바라보다가

이젠 정말 다르게 살고 싶어
늙은 개를 품에 안고 무작정 집을 나섰다

책에서 본 적 있어
당나귀와 함께 천국에 들어가기 위한 기도*
빛이 출렁이는 집

다다를 수 있다는 믿음은 길을 주었다
길 끝에는 빛으로 가득한 집이 있었다

상상한 것보다 훨씬 눈부신 집이었다
우리는 한달음에 달려가 입구에 세워진 푯말을 보았다
가장 사랑하는 것을 버리십시오
한 사람만 들어갈 수 있습니다

늙은 개도 그것을 보고 있었다
누군가는 버려져야 했다

기껏해야 안팎이 뒤집힌 잠일 뿐이야
저 잠도 칼로 둘러싸여 있어
돌부리를 걷어차면서

다다를 수 없다는 절망도 길을 주었다
우리는 벽 앞으로 되돌아왔다

아주 잠깐 네가 죽었으면 좋겠다고 생각했어
늙은 개를 쓰다듬으며

나는 흰 벽에 빛이 가득한 창문을 그렸다
너를 잃어야 하는 천국이라면 다시는 가지 않겠다고 다짐했다

* 프랑시스 잠.

(『무크 파란』 2015년 창간호)

세상에는 어디에나 벽이 둘러쳐져 있다. 벽을 넘어 저쪽 세상으로 가야 천국이 있는데, 천국으로 가기는 생각만큼 쉽지 않다. 이 시의 서정적 주인공인 화자, 곧 시인도 무시로 세상의 벽과 마주친다. 이러한 벽에 대한 시인의 태도는 어떠한가. "폐허를 번복하는 일에 골몰"해 있는 어느 여름의 일이다. 그는 "이젠 정말 다르게 살고 싶어" "며칠째 잘 먹지도 않고/먼 산만 바라보는 늙은 개를" "품에 안고 무작정 집을 나"선다. "천국에 들어가기 위한 기도" 끝에 이윽고 그는 "빛이 출렁이는 집", "빛으로 가득한 집"에 이른다. 이 집은 천국으로 가는 통로이기도 하지만 거대한 벽이기도 하다. 늙은 개와 시인은 "한달음에 달려가 입구에 세워진 푯말을" 바라본다. 푯말에는 "가장 사랑하는 것을 버리십시오/한 사람만 들어갈 수 있습니다"라고 쓰여 있다. 이 집에 들어가려면 그와 늙은 개 중 "누군가는 버려져야" 한다. 어찌해야 하나. 늙은 개를 버릴 수는 없다. 이 집의 세계는 "기껏해야 안팎이 뒤집힌 잠일 뿐"이다. 실은 "저 잠도 칼로 둘러싸여 있"다. 그와 늙은 개는 "다다를 수 없다는 절망도 길을 주"어 다시 "벽 앞으로 되돌아"온다. 그는 "아주 잠깐" 늙은 개가 "죽었으면 좋겠다고 생각"한 적이 있다. 그것이 부끄러워 그는 손으로 "늙은 개를 쓰다듬"는다. 늙은 개는 무엇을 가리키는가. 그가 사랑하는 모든 것이리라. 마침내 시인은 사랑하는 "너를 잃어야 하는 천국이라면 다시는 가지 않겠다고 다짐"한다. (c)

여여(如如)하였다

양문규

지난겨울 천태산은 눈보라 치는 절벽에서도 여여하였다

천태산 산방 주인 잃고 구들장 내려앉아도 여여하였다

산방 앞 키 큰 미루나무 싸늘히 식은 가지들 매달고도 여여하였다

키 큰 미루나무 꼭대기 까치집 흔들어놓는 세찬 바람 소리에도 여여하였다

까치집과 마주하는 언덕 위 날망집 늙은 과부 찬물에 홀로 밥 짓고 빨래하면서도 여여하였다

날망집 아래 천 년 은행나무 폭설 속에 잔가지 뚝뚝 내려놓고도 여여하였다

천 년 은행나무 옆 감나무 꼭대기 얼어 터진 홍시 쭈그렁 살 내리고도 여여하였다

감나무 지나 깔딱고개 가시철망 둘러쳐져 고라니 넘나들지 않아도 여여하였다

깔딱고개 빙판길 숨 고르며 오르는 사람 발자국 하나 없어도 여여하였다

온 천태산 주인 하며 염불하는 젊은 승(僧) 번지르한 이마빼기도 여여하였다

(『시와 문화』 2015년 겨울호)

"여여(如如)"란 '이전과 다름이 없이 같다'는 뜻을 가진 한자어이다. 시인은 행의 끝마다 서술어 "여여하였다"를 반복하여 그 의미를 강조하면서 리듬감과 함께 미묘한 역설적 미감을 준다. 천태산을 비롯한 그 속에 존재하는 미루나무, 까치집, 은행나무, 홍시 등 자연물들이 겉보기에는 이전이나 다름없이 그대로였다. 그런데 풍경 속을 자세히 들여다보면 눈보라가 치고, 미루나무 가지들은 싸늘히 식고, 은행나무는 폭설에 잔가지가 부러졌다. 주인을 잃은 산방의 구들장이 내려앉고, 깔딱고개에 가시철망이 둘러쳐져 있어 고라니가 넘나들지 않고, 그곳에 빙판길이 있어 사람 발자국 하나 없다. 그렇게 "여여"하지 못했음에도 불구하고 "천태산 주인"과 "젊은 승"의 이마가 변함없다는 것은 무엇을 풍자한 것일까. 시인은 풍자와 역설적 진술로 자연의 순리를 외면하는 인간의 비정함과 모순에 대한 안타까운 심정을 보여 준다. (b)

만약이라는 약

오 은

오늘 아침에 일찍 일어났더라면
지하철을 놓치지 않았더라면
바지에 커피를 쏟지 않았더라면
승강기 문을 급하게 닫지 않았더라면

내가
시인이 되지 않았다면
채우기보다 비우기를 좋아했다면
대화보다 침묵을 좋아했다면
국어사전보다 그림책을 좋아했다면
새벽보다 아침을 더 좋아했다면

무작정 외출하고 싶은 마음이 들지 않았다면
그날 그 시각 거기에 있지 않았다면
너를 마주치지 않았다면
그 말을 끝끝내 꺼내지 않았더라면

눈물을 흘리는 것보다 닦아주는 데 익숙했다면
뒤를 돌아보는 것보다 앞을 내다보는 데 능숙했다면
만약으로 시작되는 문장으로
하루하루를 열고 닫지 않았다면

내가 더 나은 사람이었다면

일어나니 아침이었다
햇빛이 들고
바람이 불고
읽다 만 책이 내 옆에 가만히 엎드려 있었다

만약 내가
어젯밤에 이 책을 읽지 않았었더라면

(『미네르바』 2015년 여름호)

만약이라는 약이 있다면 이 세상 많은 문제가 해결될 수 있었을 것이 분명하다. 만약이 있었다면 늦잠도 자지 않고, 지하철을 놓치지도 않고, 바지에 커피를 쏟지도 않았을 것이다. 만약이 있어 시인이 되지 않고, 대화보다 침묵을 좋아하고, 새벽보다 아침을 더 좋아했다면, 인생이 훨씬 편해졌을 것이다. 만약으로 그날 그 시각, 너를 마주쳤던 순간을, 너에게 꺼냈던 그 말을 지울 수만 있다면 이런 고통에 시달리지는 않았을 텐데. 만약이 있었다면 세상은 분명 달라졌을 것이다. 만약이 없기에 '만약'이라는 말이 생겼을 것이다. 너무도 간절하기에 자꾸만 되새겨볼 뿐 절대 가질 수 없는 약, 만약. 가정을 허락하지 않는 역사처럼 우리네 삶에도 만약은 주어지지 않는다. 만약에 만약이 있다면 삶은 꽤나 심심할 것이다. (d)

문방구 소녀

원구식

요술쟁이 소녀야.
시간의 깊이를 알 수 없는 문방구에서
네가 울고 있구나.
나는 과거를 사러 왔단다.

너는 왜,
울고 있는 것이니?

돈에 눈이 먼
문방구 주인이
알량한 네 알바비를 갈취했기 때문이니?

아니에요, 아니에요.

아니면, 인기 연예인이
오피스텔에서
너를 몰래 성추행했기 때문이니?

아니에요, 아니에요.

아니면, 네 애인이
병역을 기피하기 위해 일부러
어깨를 탈골시켰기 때문이니?

아니에요, 아니에요.

답답하구나.
내게 말을 해다오.

아저씨, 가로등 불빛 아래
푸른 도마뱀들이 울고 있어요.

좋은 옷을 입지 않아도 좋은 도마뱀이
맛있는 것을 먹지 못해도 좋은 도마뱀이
비싼 스마트 폰이 없어도 좋은 도마뱀이
대학에 가지 못해도 좋은 도마뱀이

어두컴컴한 골목
버스 종점 담벼락 뒤에서
소리 없이 울고 있어요.

요술쟁이 소녀야.
그렇다면 내게 색연필과 도화지를 다오.
내가 푸른 미래를 그려주마.

아저씨, 시간은 모두 품절예요.
세상은 거짓말로 가득하고
지하 PC방에서 푸른 도마뱀들이
울고 있어요, 유령처럼.

(『신생』 2015년 가을호)

이 시는 화자인 시인과 대상인 "요술쟁이 소녀"와의 대화로 이루어져 있다. 대화라고 했지만 실제로는 환상적 문답인지도 모른다. 아무튼 "과거를 사러" 문방구에 온 시인은 그곳에서 울고 있는 "요술쟁이 소녀"에게 "왜,/울고 있는 것이"냐고 묻는다. 이어지는 구절에서 그의 물음은 좀 더 구체화된다. "돈에 눈이 먼/문방구 주인이/알량한 네 알바비를 갈취했기 때문이니?"라고 말이다. "요술쟁이 소녀"는 "아니에요, 아니에요"라고 대답한다. 다음의 물음은 짐짓 환상적이면서도 사실적이다. 이는 "인기 연예인이/오피스텔에서/너를 몰래 성추행했기 때문이니?", "네 애인이/병역을 기피하기 위해 일부러/어깨를 탈골시켰기 때문이니?"라고 묻는 것을 통해서도 확인된다. 마침내 "요술쟁이 소녀"는 그가 울고 있는 까닭이 "가로등 불빛 아래/푸른 도마뱀들이 울고 있"기 때문이라고 말한다. 이때 푸른 도마뱀은 무엇을 가리키는가. "어두컴컴한 골목/버스 종점 담벼락 뒤에서/소리 없이 울고 있"는 것이 푸른 도마뱀이다. 뿐만 아니라 "좋은 옷을 입지 않아도 좋은", "맛있는 것을 먹지 못해도 좋은", "비싼 스마트 폰이 없어도 좋은", "대학에 가지 못해도 좋은" 것이 푸른 도마뱀이다. 이들 푸른 도마뱀은 미래가 밝지 못하기 때문일까. "과거를 사러" 문방구에 온 시인이 "요술쟁이 소녀"에게 "푸른 미래를 그려주"겠다면 "색연필과 도화지를" 달라고 한다. "요술쟁이 소녀"는 그러자 시인에게 미래의 "시간은 모두 품절"이라고 말한다. "지하 PC방에서" "유령처럼" "울고 있"는 푸른 도마뱀들에게는 "거짓말로 가득" 찬 이 세상의 미래가 결코 희망적이지 않다는 것이다. 용은커녕 뱀도 못 되는 것이 도마뱀이다. 제대로 된 정규직을 얻지 못하고 "지하 PC방" 등에서 알바로 전전하는 이 땅의 청년들 말이다. (c)

운주(雲住)

윤의섭

머물자고 했다
안식이라는 말에 무덤의 냄새가 배어 있더라도

지붕을 끌어안은 자세로 폭풍의 첨단을 견디는 일이란
좀 더 앙상해져야 한다는 것이다

버리거나 버려지거나 너무 깊숙이 흘러왔고

내려앉자고 했다
천불천탑 위의 적운 또는 너무나 가볍고 사소한 염원인데도
지쳐서 흙터처럼 이물스러워서

우린 핏기 마른 심장을 포갠다

너를 떠올릴 때마다 인생 전부를 떠올린다
지상에 다가갈수록 종언에 가까워지므로

연착륙은 아닐 것이다

(『세계의문학』 2015년 가을호)

운주(雲住), 머물지 못하는 구름이 머무는 곳이라니. 얼마나 오래 떠돌았으면 머물고자 하는 것일까. 얼마나 지쳤으면 "안식이라는 말에 무덤의 냄새가 배어 있더라도" 머물자는 것일까. 운주사까지 흘러들어온 구름은 너무 지치고 무거워 보인다. 천불천탑 위에 몸을 기대고 있는 적운은 흉터처럼 이물스럽다. 운주사까지 떠돌다 만난 구름에 "우린 핏기 마른 심장을 포갠다". "지붕을 끌어안은 자세로 폭풍의 첨단을 견디"기 위해 이들은 모두 앙상해져 있다. 뜬구름 같은 인생이라고 한다. 운주를 만날 때 인생 전부를 떠올리는 연유는 서로의 처지가 다르지 않기 때문일 것이다. 떠돌다 지쳐 머무는 생의 끝은 멀지 않을 것이다. 운주는 한줄기 큰 비로 쏟아지고 생은 종착지를 향해 격돌할 것이다. 운주사의 천불천탑은 그토록 힘겨운 생을 견디기 위한 염원들로 빚어진 간절한 지지대들이 아닐까. (d)

시의 기원

윤제림

제천 점말 동굴에서 발견된 '사람 얼굴 그림' 뼈의 주인들이기도 한 인류의 오랜 조상에 대해 고고학자 손보기 씨*는 다음과 같이 썼다.

> 간빙기에 나타난 이들은 머리 부피가 지금 사람과 비슷하게 커졌고 연모 만드는 솜씨도 많이 늘었다. 사람이 죽으면 꽃을 꺾어 돌려 꽂아주었다.**

사람이 죽으면 꽃을 꺾어 돌려 꽂아주었다고?
그렇다면 그들은 바위에 시도 썼을 것이다,
십만 년 전 장례를 엊그제 보고 온 것처럼
사람이 죽으면 꽃을 꺾어 돌려 꽂아주었다고 쓴
손 씨도 원래는
시인이 되고 싶던 사람이었을 것이다
그의 서랍에서
많은 시가 발견되었을 것이다.

* 孫寶基.
** 『도대체 사람이란 무엇일까』, 뿌리깊은나무, 1980, 10쪽.

(『시와 경계』 2015년 여름호)

시인과 학자, 시와 학문적인 글의 차이가 무엇일까. 시인은 고고학자 손보기 씨가 인류의 조상에 대하여 쓴 글을 인용하며 시의 기원을 찾고 있다. 동굴에서 발견된 "사람 얼굴 그림"을 보고 그가 쓴 글에 의하면 간빙기에 나타난 인류의 오랜 조상들은 "사람이 죽으면 꽃을 꺾어 돌려 꽂아주었다"고 했다. 죽은 이에 대하여 애도의 정을 꽃으로써 대신 표현했으니 시적 표현이나 다름이 없다. 그런 그들이 "바위에 시도 썼을 것"이란 추측을 하는 게 무리가 아닐 것이다. 뿐만 아니라 "십만 년 전 장례를 엊그제 보고 온 것처럼" 그런 글을 쓴 손 씨도 시인이나 다름이 없다. 시는 기억 속에 저장된 이미지를 재생하고 상상으로 변형 또는 왜곡하여 언어로 그린 그림이 아닌가. 상상력을 발동하여 인류의 조상들의 생활을 연구하는 고고학자인 그의 서랍에 있는 많은 글들은 시와 같은 게 많을 것이다. (b)

목련 주사(酒邪)

이강산

반나절 봄비 마신 목련의 치아가 하얗다
입술 틈새 봄 냄새,
독하다

취기에 다리가 풀려 저녁내 휘청거리는 품새론 엊그제
꽃집 트럭에 치인 무릎은 다 나은 뜻이려니

그날 분이 덜 풀린 모양이다
저 아래 소주병 들고 가는 남자의 목덜미 낚아채는 솜씨라니

그것으로 취하겠느냐,
힐끗대는 눈빛이 하얗다

아내 몰래 남자가 숨겨둔 여자를 아는 눈치다
그런다고 지워지겠느냐,
호숫가, 여자의 발자국 따라가본 듯하다

여자의 이마처럼 항아리 조각 박힌 흉터 한둘쯤
누구든지 품고 견딘다, 독백마저 새하얀
입술 틈새 봄 냄새,

독하다

(『불교문예』 2015년 가을호)

이 시에 따르면 목련도 주사(酒邪)를 한다. 봄비라는 술을 마시고 취했기 때문이다. 이 시는 이러한 근본 비유를 증명하는 가운데 전개된다. 우선은 "반나절 봄비 마신 목련의 치아가 하얗다/입술 틈새 봄 냄새,/독하다"라고 진술한다. 얼마 전 "꽃집 트럭에" 무릎을 치인 적이 있는 것이 목련이다. 이러한 목련은 "취기에 다리가 풀려 저녁내 휘청거"린 적이 있다. 그날의 "분이 덜 풀린 모양"인지 목련은 "소주병 들고 가는 남자의 목덜미 낚아채"기도 한다. 그러면서 목련은 남자에게 말한다. "그것으로 취하겠느냐"고 말이다. 그렇게 말하는 목련의 "힐끗대는 눈빛이 하얗다". 목련은 "소주병 들고 가는 남자"의 사생활, 곧 "아내 몰래" "숨겨둔 여자"에 대해서도 잘 아는 눈치다. 그래서일까. 목련은 남자에게 술에 좀 취한다고 그 흔적이 "지워지겠느냐"고 말한다. 목련은 남자를 사랑한 "여자의 발자국 따라가본 듯하다". 그렇다고 목련이 이들을 탓하는 것은 아니다. "흉터 한둘쯤"은 "누구든지 품고 견"디는 것이 나날의 삶이기 때문이다. "새하얀/입술 틈새 봄 냄새"가 독한 날에는 목련을 매개로 이런저런 심미적 몽상을 취해보는 것이 시인 이강산이다. (c)

저녁의 문

이규리

서풍은 서쪽으로 부는 바람이 아니라
서쪽에서 불어오는 바람이라 하나
그냥 둘 다 서풍만 같다

이파리 뒤에 숨은 열매가 말라가고 있을 때
어느 쪽으로 가느냐고 너는 물었다

마른 덩굴은 끝내 팔을 풀지 않고 생을 마쳤는데
그 안은 비어 있었고

어느 쪽으로도 갈 곳이 있지 않았다

거미는 거미를 사랑하고
벌새는 벌새를 사랑하고

그렇다고 뭐가 달라졌을까

떠나는 일이야말로 늘 서쪽이었는데

그토록 아프다 하면서 세상은 이별하는 것이지

꽉 낀 팔을 풀어주고

어느 쪽으로 가는지
어느 쪽에서 왔는지

될 수 있으면 가깝지 않은 곳으로

다만 서풍이라 싶은 것이다

(『문학동네』 2015년 봄호)

저녁의 문으로는 서풍이 불 것 같다. 서쪽은 해가 저무는 곳, 삶의 끝 간 데. 서풍은 서쪽에서 불어오는 바람이 아니라 서쪽으로 부는 바람인 것 같다. 서늘하고 쓸쓸한 바람. 이 시에서 그려지는 풍경들은 적요하기 그지없다. 이파리 뒤에 숨은 열매가 말라가고 마른 덩굴의 엉킨 팔 안은 비어 있다. 모든 것이 비어가고 그 끝은 결국 텅 빈 허공뿐이다. 어느 쪽으로 가야 하는가. 마른 바람은 서쪽으로 분다. "떠나는 일이야말로 늘 서쪽"이다. 저녁의 문 너머 머나먼 서쪽으로 떠나는 바람의 노래가 쓸쓸하다. 바람결을 닮은 리듬의 간헐적 흐름이 감각적으로 다가온다. 의미 이전에 분위기와 여백들이 존재의 근원적인 고독을 불러일으킨다. (d)

도서관

이기성

오늘은 수세기 전 고문서 창고에 숨어 있던 벼룩 한 마리 톡 튀어나와서 틱틱톡톡 뛰어다닌다면

저 두꺼운 책들의 엉덩이에 들러붙어서 달콤한 피의 향연을 벌인다면, 납작하게 눌어붙은 혁명의 이마를 간질인다면

축축한 창고의 바닥을 굴러다니던 오래된 술병 속에서 시인의 재채기처럼 툭 튀어나온 새하얀 벼룩이

주점 아가씨의 스텝처럼 명랑한 벼룩의 춤이 먼지투성이 창문을 쿵쿵 두드린다면 천정에 고요히 박혀 있는 별들을 흔들어 떨어뜨리고

그러니까 시인의 쭈글거리는 뺨 위를 흐르는 이건, 어쩌면 눈물이라는 것이지만, 그건 잿빛 먼지처럼 가볍고 불멸의 문장처럼 지루하고

오늘은 심장의 시큼한 누룩과 푸른곰팡이 냄새에 취한 채 무의미의 귓불이 하얀 반죽처럼 부풀어 오르고 아가씨의 검은 머리카락처럼 출렁이고

창고 속 늙은 혁명의 이마 위에서 틱틱톡톡 명랑한 벼룩의 춤을 춘다면 백 년 동안 쌓인 먼지처럼 두꺼운 겨울이 오지 않을 춤을 함께 출 수 있다면

(『현대시』 2015년 10월호)

벼룩은 작고 하찮은 존재의 대명사이다. 육안으로 보일 듯 말 듯한 작은 크기이며 주로 사람이나 동물에 기생하여 살기 때문에 혐오스러운 해충으로 분류된다. 그런 벼룩에게 최고의 장기가 있으니 탁월한 도약 능력이다. 벼룩이 한 번에 뛰어올라 높이가 20센티미터, 거리는 35센티미터나 도약한 기록이 있다고 한다. 사람으로 치면 50미터 정도의 높이뛰기에 해당한다고 하니 놀라운 능력이 아닐 수 없다. 작지만 탄력이 넘치는 특성 때문인지 벼룩은 활력의 상징이 되기도 한다.

이 시에서는 벼룩과 고문서를 절묘하게 대비시키고 있다. 수백 년 된 고문서가 가득한 도서관에는 온갖 사상이 잠들어 있다. "불멸의 문장"이 봉인되어 있고 "혁명의 이마"가 눌어붙어 있다. 인류 최고의 지식과 상상들이 지루한 동면에 빠져 있다. 이곳에서 뛰어노는 벼룩은 어떤가? 비록 고작 반 년 정도의 수명을 지니고 있지만 사방을 자유롭게 튀어 다니며 명랑하게 춤춘다. 딱딱하게 굳어 효력을 상실한 지식을 비웃듯 벼룩은 거리낌 없이 움직인다. 도서관의 진정한 주인은 벼룩이 아니었을까, 문득 그런 생각이 든다. (d)

고양이의 하늘

이나명

고양이 한 마리가 낮은 보폭으로 잔디밭을 기었다

살금, 살금거리는 기척에
바닥을 쪼던 한 쌍의 평화가 후다다닥
공중으로 날아 올랐다

그렇게 허공이 한 번 활짝 날갯짓을 했다

고양이 동공처럼 푸르고 깊은 저 허공 속에서 이따금씩
보이지 않는 것들이 화들짝 나타나 보일 때가 있다

아주 잠깐 허공이 열렸다 닫히는 순간이 있다.

(『문학과 창작』 2015년 봄호)

고양이가 잔디밭을 몰래 기어가 비둘기들을 잡으려 하는 순간 그 "한 쌍의 평화"는 허공으로 날아올라 사라지고 말았다. 평화를 바라면서도 약육강식이란 먹이사슬의 고리를 벗어나지 못한 고양이, 그 "동공처럼 푸르고 깊은 허공" 속에 가끔씩 나타나 보이는 것은 무엇일까. 그것은 늘 소망하면서도 탐욕의 본능 때문에 스스로 놓쳐버린 평화일 것이다. 시인은 그렇게 고양이와 비둘기가 벌이는 순간적인 상황을 통하여 인간 사회의 모순과 부조리를 풍자적으로 보여준다. 모든 인간이 지고의 가치 중 하나요 행복의 필요조건인 평화를 지향하지만 탐욕을 버리지 못하여 성취하지 못한다는 것이다. 즉 자신의 이익을 먼저 구하여 자신의 생명을 보전하기 위해 타자를 공격하고 파괴하는 인간은 평화를 멀리 두고 바라만 봐야 하는 고양이와 다를 바 없음을 넌지시 암시하고 있다. (b)

애벌레 납시다

이남순

아직도 못다 거둔 잔설을 비집으며

온몸으로 맨바닥 길 당겨가는 저 사내

땡그랑, 동전 한 닢이 환청 속에 떨고 있다

바람도 이쯤에선 보폭을 줄이는데

더 높이 서기 위해 앞만 보고 달려가는

지상엔 청맹과니뿐 눈총만 비켜갈 뿐

낮추어 여며오던 휘우듬한 더듬이로

허공을 더듬느라 주춤대는 입춘 무렵

눈발도 발을 헛디뎌 허방 길에 빠진다

(『문학청춘』 2015년 여름호)

아직 잔설이 녹지 않은 추운 날씨에도 맨바닥 길을 온몸으로 기어가는 사내가 있다. 빈 바구니에 환청인 듯 "동전 한 닢" 떨어지는 소리가 들리고 지나는 행인들의 식어버린 마음만큼 시린 바람이 사내를 더욱 떨게 한다. 그런 사내에게 눈총만 주고 "더 높이 서기 위해 앞만 보고 달려가는" 행인들, "청맹과니"들은 더 많은 부나 권력을 추구하기 위해 이웃에게 무관심한 현대인들을 대신할 것이다. 입춘이 가까워지자 희망의 새봄이 오리라 "낮추며 여며오던 휘우듬한 더듬이"를 세워보지만 허공만 휘저을 뿐이다. 더구나 "허방 길"에 더욱 세차게 쏟아지는 눈발은 사내가 처한 비극적인 운명의 길을 더욱 어두운 분위기로 몰아간다. 오체투지 하듯 온몸을 낮추어 눈발이 날리는 길을 기어가는 사내는 잔설보다 차가워진 시대를 향해 말없이 따뜻한 가슴으로 살라고 외치고 있는지도 모른다. (b)

꼬리뼈의 감동

이명수

좋은 시를 읽을 때
좋은 여자를 만날 때
꼬리뼈에서 뒷목까지 뜨거운 짐승이 올라와
정수리로 치솟는 것을 느꼈다

꼬리뼈의 오감(五感) 계측기가 불기둥 같은 것을 읽어냈던 것이다

어느 날 MRI를 찍었더니 3번에서 4번, 4번에서 5번 사이의 척추가 좁아져 있단다 졸지에 시술이란 걸 받았다 꼬리뼈에 주삿바늘을 넣어 이들 사이를 넓혔다고 한다

한 주가 지나고 또 한 달이 지나도 다리가 저리다 뜨거운 불기둥은 사라지고 찌릿찌릿 전기가 꼬리뼈 아래로 퍼져간다

오관(五官) 센서가 고장 난 것일까

좋은 시를 읽어도
좋은 여자를 목도해도
가슴만 저리다
찌릿찌릿 가슴 저림이
짐승의 비애처럼 온몸에 퍼진다
꼬리가 사라진 쪽으로

(『미소문학』 2015년 겨울호)

이 시는 시에 대한 시, 곧 메타시이다. 메타시는 항용 시인의 시론을 담기 마련이다. 그것은 이 시에서도 마찬가지이다. 좋은 시를 만날 때 느끼는 감동의 형태와 질에 대해 진술하고 있는 것이 이 시이다. 이 시에서 시인은 먼저 "좋은 시를 읽을 때"의 감동을 "좋은 여자를 만날 때"의 감동에 빗대어 진술한다. 그는 이 두 경우에 "꼬리뼈에서 뒷목까지 뜨거운 짐승이 올라와/정수리로 치솟는 것을 느"낀다고 말한다. 이 두 경우에 "꼬리뼈의 오감(五感) 계측기가 불기둥 같은 것을 읽어"내는 것이다. 시인은 "어느 날 MRI를 찍"고 "3번에서 4번, 4번에서 5번 사이의 척추가 좁아져 있"다는 진단을 받는다. 그리고 "꼬리뼈에 주삿바늘을 넣어 사이를 넓"히는 시술을 받는다. "한 주가 지나고 또 한 달이 지나도 다리가 저"리자 그는 "오관(五官) 센서가 고장 난 것일까" 하고 의심을 한다. "좋은 시를 읽어도/좋은 여자를 목도해도/가슴만 저리"기 때문이다. "찌릿찌릿 가슴 저림이/짐승의 비애처럼 온몸에 퍼"질 따름인 것이다. 시인으로서는 많이 안타깝겠지만 이에서 확인할 수 있는 것은 정신적 감동이 물질적 조건을 바탕으로 한다는 것이다. 예술적 감동이라는 것도 실제로는 주체의 건강한 육체를 기초로 이루어진다는 것을 알 필요가 있다. (c)

얼굴
— 아주 낯익은 낯선 이야기

이문재

내 얼굴은 나를 향하지 못한다
내 눈은 내 마음을 바라보지 못하고
내 손은 내 몸 안으로 들어가지 못한다

얼굴은 남의 것이다
손은 누군가의 손을 잡아주기 위한 것
누군가에게 손을 내밀기 위한 것이다

입과 코가 그렇고
두 귀는 물론 두 발도 그러하다
안 못지않게 바깥이 중요하다

지금 내 앞에 있는 사람이
가장 소중한 사람이다
지금 내 앞에 있는 사람 앞에 있는
나 또한 가장 귀중한 사람이다

큰스님이 한 소년에게 들려준
조금 낯설지만
알고 보면 아주 낯익은 이야기다

(『창작과비평』 2015년 봄호)

굴뚝 소제를 하고 나와 숯검정이가 된 아이가 보고 손가락질하는 것은 자기가 아닌 다른 아이라고 한다. 거울을 들여다보지 않는 한 자신의 얼굴을 보기는 어렵다. 얼굴은 늘 바깥쪽을 향하고 있기 때문이다. 그런 면에서 "얼굴은 남의 것이다". 손도 자신의 몸보다는 다른 사람의 몸을 만지기 편한 구조이다. 자기 등을 긁기는 어려워도 다른 사람의 등을 긁어주기는 쉽다. 우리의 이목구비 모두 자신의 몸 바깥과 소통하기 편하게 되어 있다. "안 못지않게 바깥이 중요"하기 때문에 이런 구조가 되었을 것이다. 그렇기 때문에 자신의 앞에 있는 사람이 가장 소중한 사람이며 서로 도와주어야 하는 관계라 할 수 있다. 우리 모두에게 해당되지만 거의 의식하지 않고 살아가는 평명한 진리를 깨우쳐주는 시이다. (d)

어느 날 저녁

이상국

마트에서 돌아오는데
간지럼 혹은 즐거움 같은 게
나를 슬쩍 건드리고 지나간다
봉지에 든 맥주였을까
저만치 가는 여자의 단발머리일까
여튼 집으로 돌아오는데
수줍은 듯한 어둠도 그랬지만
막 켜지는 서늘한 가로등도
나를 아는 것 같았다
이런 적이 별로 없었다
나는 늘 저녁의 골목을
집 나갔다 오는 아이처럼
고개를 숙이고 돌아오고는 했다
오늘은 달랐다
차오르는 어둠에
아무렇게나 몸을 적신 나를
무슨 희망 같은 게 물고기처럼
툭 치고 지나가는 것이었다
나중에 생각해보니까
그때 골목길에는 나밖에 없었고
소년처럼 반바지를 입은 데다
비닐봉지를 들고 가는 나를
건드리고 간 것은
아무래도 나인 것 같았다

(『시로여는세상』 2015년 봄호)

때로 느닷없고 엉뚱한 느낌에 사로잡힐 때가 있다. 이전에는 전혀 경험해보지 못한 특별한 감정 말이다. 최근 들어 많은 시인들이 이처럼 낯설고 새로운 감정을 시로 쓰고 있다. 그런데 이 시의 시인도 매우 특이한 감정을 체험한 모양이다. 시인이 체험한 매우 특이한 감정은 과연 무엇인가. 시의 내용을 통해 차분히 확인해보도록 하자. "마트에서 돌아오는데/간지럼 혹은 즐거움 같은 게" 시인을 "슬쩍 건드리고 지나간다". 그것이 누구일까. "봉지에 든 맥주"일까. "저만치 가는 여자의 단발머리일까". 시인은 이러한 질문에 빠진다. 이번에는 "집으로 돌아오는데/수줍은 듯한 어둠도 그랬지만/막 켜지는 서늘한 가로등도/나를 아는 것 같"은 느낌이 든다. 전에는 "이런 적이 별로 없었"는데 말이다. "늘 저녁의 골목을/집 나갔다 오는 아이처럼/고개를 숙이고 돌아오고는 했"던 것이 시인이다. 그런데 "오늘은 달랐다/차오르는 어둠에/아무렇게나 몸을 적신 나를/무슨 희망 같은 게 물고기처럼/툭 치고 지나가는 것이었다". 어째서 이러한 기분이 드는 걸까. 시인은 생각한다. "골목길에는 나밖에 없었고/소년처럼 반바지를 입은 데다/비닐봉지를 들고 가는 나를/건드리고 간 것은/아무래도 나인 것 같았"다고 말이다. 결국 시인은 나의 감정을 만들고 조정하고 겪는 것은 나라는 얘기를 하고 있는 것이다. (c)

즐거워라, 비정규직

이선영

하늘과 땅과 바다
말고
해님 달님 별님
말고
나고 들지 않는 목숨, 있으려나

닳아야 생인 줄 아는 비누는
구르고 굴러야 제 할 일 다하는
줄 아는 두루마리 휴지는
꺼졌다 켜지는 것이 할 줄 아는
놀이의 전부인, 그래서 내키면 몰아서 깜박거리기도 하는
저 혼자 놀기의 달인 전구는
점잖게 들어앉았다 매 맞듯 몰려나오는
생을 극적이라 여기는 가구는
부수고 쌓고 부수고 쌓아지는
두껍아 두껍아 헌 집 줄게 새 집 다오는
일터에서 돌아와 비로소 종이 앞에 고개 숙이는
시인의 평생 일과는

날아가던 새도 꼿꼿이 마른 나뭇가지를 기웃거리고
꽃은 피어서도 머리 위에 만발, 져서도 발밑에 만발
봄여름가을겨울은 제 여흥의 뒷자락이 늘어지는 줄 아네

구름은 한 하늘에 머물지 않으며
두터운 붓을 흔들어 유리창에 그리는 빗방울의 음각화

언젠가 육체를 떠날 영혼은
밤마다 저 혼자 구운몽(九雲夢)이네
떠도는 영혼에 비끄러맬 수 없는 육체려니
안녕, 우리 또 만났네?
자, 네 발목 한 짝 어여 이리 내봐, 내 발목에 단단히 묶게시리!

(『시인수첩』 2015년 가을호)

천지 우주 공간과 천체를 제외하고 "나고 들지 않는 목숨"이 없을 것이다. 비누, 두루마리 휴지, 전구, 가구 등 생필품이나 집 등이 닳고 낡아 폐기 되는 것도 생자필멸(生者必滅)의 원리를 따르는 것일까. 그런데 시인도 생업을 마치고 나서야 "비로소 종이 앞에 고개를 숙이"고 시를 쓸 수밖에 없다. 그런 시인은 마른 나뭇가지를 기웃거리는 새, 피었을 때나 져서나 만발하는 꽃을 보고 자신의 처지를 돌아보고 시상을 가다듬는다. 그리고 "여흥의 뒷자락"을 늘어뜨리며 빠르게 흐르는 사계절을 감지한다. 또한 "한 하늘에 머물지 않"고 흐르는 구름과 "유리창에 그리는 빗방울의 음각화" 등 떠돌고 사라지는 자연의 순환에서 시인의 운명을 생각해본다. 시인의 영혼도 언제가 육체를 떠날 수밖에 없을 텐데 밤마다 발목을 잡는 현실을 벗어나 꿈속에서 "구운몽"을 엮는다. 시인은 육체를 "영혼에 비끄러맬 수 없"이 유한한 인생을 살아야 하는 "비정규직"이라 여기며 스스로 시인의 위치와 자세를 돌아본다. (b)

하양 위로

이수명

눈이 내린다. 눈은 잘 걷지 못한다.
온몸을 눈에 기대고 걷는다.

생각할 수 없도록
누가 눈을 이렇게 하얗게 칠하고 있을까

하양이 나를 스친다.
하양을 잡으려 하면
하양은 하늘에 얼어붙어 있다.

네가 다리에 붕대를 감고 왔을 때도 그랬다. 그 붕대를 어디선가 보았는데 기억은 나지 않았지 하얀 붕대 그걸 언제 풀 건데 물어보고 싶었지

다리를 언제 꺼낼 건데

하양은 땅에 얼어붙어 있다.
하양은 아주 긴 옷이어서
하양 위에서는 자꾸 넘어진다.
그럴 때마다 하양 위로 나를 들어올려야 한다.

하늘에서 내려오는

눈을 치운다. 하늘을 치운다.
너는 오래전에 죽었는데 죽기 위해 왔구나

하양이 자꾸
나를 내쉰다.

생각할 수 없도록
누가 나를 이렇게 어른거리게 하고 있을까

(『유심』 2015년 2월호)

"눈이 내린다"로 시작된 문장은 환유적으로 확장되며 무수한 이미지와 상념들을 만들어낸다. "눈은 잘 걷지 못한다." 눈은 다리도 없이 한 몸통으로 바람에 흔들리며 나부낀다. 눈 속을 걷는 '나'는 그런 눈에 기대고 걷는 형국이다. 하얗게 흩날리는 눈 속을 걸으면서는 생각하기가 힘들다. 온통 하얀색으로 압도해오는 눈은 '하양'이라는 하나의 존재로 감지된다. 하양은 나를 스치다가도 잡으려 하면 하늘에 얼어붙어 있다. 얼어붙어 있는 하양은 다시 붕대를 감은 다리를 연상시킨다. 땅에 얼어붙은 하얀 눈은 아주 긴 옷 같기도 하다. 긴 옷에 걸려 넘어지듯 그곳에서는 자꾸 넘어지게 된다. 하늘에서 온 눈을 치우며 나는 "하늘을 치운다"고 생각한다. 하늘은 하늘나라로 간 너를 떠올리게 하기 때문에 "너는 오래전에 죽었는데 죽기 위해 왔구나"라고 생각하게 한다. 하양은 자꾸 눈앞에 어른거리며 "나를 내쉰다." 이 시에서는 하얀 눈이 '하양'이라는 존재로 다가와 나의 마음과 몸을 얼마나 강하게 사로잡고 있는지를 재미나게 풀어내고 있다. (d)

인덕원

이시영

재판받으러 다니던 인덕원 사거리에서 역시 재판받으러 오가던 호송 버스에서 만난 임규찬이가 쌍용차를 세워놓고 기다리고 있다. 정년 후 군포에서 독서와 산책으로 보내는 Y교수를 모시고 백운호수로 점심 먹으러 가는 길이다. 벚꽃은 바람에 흩날리고 '미체포'로 잠수 타던 김사인이 뒤늦게 도착했는데 등산모에 가려진 그의 머리도 희끗하다. 세월은 흘렀고 그만큼 나이가 들었는데도 인덕원만 지나면 '아, 이제 집에 다 왔다'는 생각이 들곤 하던 근처의 서울구치소, 땜빵이 넣어주던 담배 한 가치를 뺑끼통에서 맛있게 피면 도둑놈들이 모인 옆방에서 "오, 어머니!"를 외치던 곳. 나 오늘 전통 백반 먹으러 그곳을 게눈처럼 흘깃거리며 간다.

(『시작』 2015년 겨울호)

인덕원(仁德院)이라는 지역과 관련한 체험을 쓴 시이다. 인덕원은 경기도 안양시 동안구 관양 2동 일대를 가리키는 지명이다. 조선시대에는 이곳에 지방으로 파견하는 관인들의 국영 숙소인 인덕원이 있었다. 도대체 시인은 인덕원에서 어떤 체험을 했나? 인덕원은 1987년 의왕시 포일동으로 이전한 서울구치소와 가까운 곳이다. 오래전 의왕의 서울구치소에 갇혀 있던 시인은 "재판받으러 다니던 인덕원 사거리에서 역시 재판받으러 오가던" "임규찬"을 만난 적이 있다. 그러한 임규찬이가 오늘은 인덕원 사거리에서 "쌍용차를 세워놓고" 그와 Y교수를 기다리고 있다. 함께 "백운호수로 점심 먹으러 가"기 위해서이다. 한때는 "'미체포'로 잠수 타던" "김사인이 뒤늦게 도착했는"데, 이제는 "등산모에 가려진 그의 머리도 희끗하다." 감옥에 있을 때의 체험은 쉽사리 잊히지 않는다. "세월은 흘렀고 그만큼 나이가 들었는데도 인덕원만 지나면 '아, 이제 집에 다 왔다'는 생각이 들곤" 하던 의왕의 서울구치소에 있을 때의 체험이 떠오른다. 의왕의 서울구치소는 "담배 한 가치를 빵끼통에서 맛있게 피면 도둑놈들이 모인 옆방에서 "오, 어머니!"를 외치던 곳이기도 하다. 시인은 지금 Y교수를 모시고 평론가 임규찬, 시인 김사인과 함께 "전통 백반 먹으러" 인덕원 사거리를 "게눈처럼 흘깃거리며" 지나고 있다. (c)

보라의 경계

이여원

떠돌던 보라색들이
눈 주위로 모여든다
흘기는 곳마다 보라색이다
멍든 것에서 최후에 배어 나온다는 보라
경멸의 색깔이
당신의 눈치채지 못한 곳마다 묻어 있다면
미움의 말끝마다 이미
멍이 들었다는 것이다
착각하는 보라
맞은 곳을 용서하듯 맞은 곳에서
빠져나오는 보라
우아함을 가장한 말투로
보라의 시간으로 옹졸한 마음에서
복수로 바뀌는 색
우리는 너를 보라로 물들기를 바래

보라는 보라를 보라로 느끼지 못하고
신음 뒤에 흘러나오는 색과
깻잎의 뒷면에 숨겨놓은 보라는
무얼 뜻하는지 알 것도 같지만
보라의 관계 해독제는
불평과 요청을 적절하게 섞는 일

당신이라는 주어를 당신 아닌 나로 전달할 때
비껴가는 회피의 색이 되고
또 다른 헤게모니로 나가는 길이
보라로 물들고 만다

(『유심』 2015년 9월호)

"보라"는 용감함과 정력을 상징하는 빨강과 영적인 것과 숭고함을 상징하는 파랑의 배합으로 만들어진 색이다. 그리하여 "경계"를 두고 다양한 상징성을 띠는데 빨강이 파랑에 압도당할수록 차갑고 성자의 참회 같은 느낌을, 빨강이 많을수록 화려하고 여성적인 느낌을 준다. 이와 같은 느낌은 인간관계에도 나타난다. 가령 "눈 주위로 모여든" "보라색"은 "흘기는" 느낌을 주기에 "멍든 것에서 최후에 배어 나"오는 이미지를 띤다. 그리하여 "경멸" "미움" "멍" "가장" "옹졸" "복수" "신음" 등과 우울, 단념, 후퇴, 고독, 슬픔, 초조, 불안, 고통, 불행 등으로 확대된다. 따라서 "보라의 관계 해독제는/불평과 요청을 적절하게 섞는 일"이다. 그것으로 침착하고 장엄하고 평온하고 신비롭고 우아하고 화려한 "보라"로 살아난다. 만약 그렇지 않고 "당신이라는 주어를 당신 아닌 나로 전달할 때/비껴가는 회피의 색이" 된다. "또 다른 헤게모니로 나가는 길"로 물드는 것이다. 따라서 배척하지 않고 포용하는 인간관계로 "경계"를 넘을 필요가 있다. (a)

마음

이영광

인간들이 입에 칼을 물고 다니는 것 같아
말도 안 되게, 찌르고 베고 보는 거야
안 아프지도 못하면서
저 아프면 울 거면서

예전에, 수술받고 거덜 나 무통 주살 맞고 누웠는데
몸이 멍해지고 나자, 아 마음이 아픈 상태란 게 이런 거구나 싶은 순간이
오더라고, 약이 못 따라오는 곳으로 글썽이며
한참을 더 기어가야 하더라고

마음이 대체 어디 있다고 그래? 물으면,
몸이 고깃덩이가 된 뒤에 육즙처럼 비어져 나오는
그 왜 있잖아? 푸줏간 집 바닥에 미끈대던 핏물 같은 거,
그 눈물을 마음의 통증이라 말하고 싶어

살아보면, 식구 중에 왜 원수가 있을까 싶은 날도 있지만
피가 섞였다는 건 말이지, 보조 침대에 구겨져 새우잠 자는
식구란 말이지, 같은 피 주머니를 나눠 찬 환자란 걸
마음이 우니까 알 것 같더라고
그게 혈육이더라고

세월호 삼보일배가 살려고, 기어서 남녘에서 올라오는데
어느 아이 언니인가 누나인가 하는
그 여린 아가씨,
몸이 함빡 젖고 운동화가 다 해졌데

죄 많고 벌 없는 이곳을 뭐라 부를까
내 나라, 라는 적진(敵陣)을 부러질 듯 오체투지로 뚫으며
몸은 더 젖고 더 해지고,
거기 세 든 마음이란 건 아예
너덜너덜해졌겠더라고

마음이란 거 그거, 찌르지 마, 자꾸 피가 샌다고
중환자실 천장에 매달려 뚝뚝 떨어지는 피 주머니 같은 그것에게
칼질 좀 하지 마
그 붉은 것, 진통제도 무통 주사도 안 듣는 거라고

(『시로여는세상』 2015년 여름호)

몸의 아픔은 잘 느껴지지만 마음의 아픔은 잘 알 수 없다. 마음은 도대체 어디 있는 것일까? 마음이 아픈 것처럼 느껴지는 그곳에 마음은 있을 것이다. 가령 무통 주사를 맞고 누웠을 때 마취제가 닿지 않은 듯 아릿해지는 그곳. 몸이 고깃덩이 같은 것이라면 마음은 그곳에서 비어져 나오는 핏물 같은 것이리라. 몸에서 빠져나와 주체할 수 없이 흐르는 그것. 핏줄을 나누는 혈육에게서 마음은 자주 정체를 드러낸다. 특히 마음이 울 때는 식구가 "같은 피 주머니를 나눠 찬 환자"란 느낌이 분명해진다. 마음을 찌르면 피 주머니처럼 그것은 주체할 수 없이 터져버린다. 혈육을 잃었을 때보다 더 슬프고 놀란 마음이 어디 있을까? 세월호 삼보일배는 그 마음을 다스리기 위한 안간힘이다. 함빡 젖은 옷과 다 해진 운동화보다 그 마음은 더하리라. 그 처절하고 위태로운 피 주머니 같은 마음을 찔러서야 되겠는가. 입에 칼을 문 인간들이 너덜너덜해진 마음을 사정없이 찔러대는 광경은 참혹하기 그지없다. 마음의 아픔을 모른다면 몸의 아픔을 떠올려봐야 하리라. 제 몸 아프다고 우는 것들이라면 함부로 남의 마음에 칼질해서는 안 되리라. (d)

달그림자

이영춘

강가에 쪼그려 앉아 물소리 듣는다
은하에서 돌아 나와 강물 속에 이르는 길

잠들지 못하는 물고기들이
달꽃 흐르듯 물결 짓는다

물고기 울음소리인가
달빛 울음소리인가

지느러미 파닥이는 소리에
내 귀청 한쪽이 무너진다

강가에 쪼그려 앉아 나를 듣는다
먼 길 돌아온 길, 돌아가야 할 길
아득한 날개로 달에게 묻는다

강물도 달빛도 말이 없다
하얗게 부서지는 별꽃처럼
둥둥 홀로 떠가는 둥근 입술 하나
신들이 놓고 간 죄의 씨앗 하나
침묵의 신들이 하얗게 나를 지우며 간다

(『심상』 2015년 8월호)

달빛 환한 밤, 시인은 "강가에 쪼그려 앉아 물소리"를 "듣는다". "강가에 쪼그려 앉아 물소리를 듣는" 시인의 모습이 전혀 괴기스럽지 않다. 무엇이 시인을 이 달빛 환한 밤에 강가로 불러냈을까. 시인은 무언가 생각할 것이 있나 보다. 물소리가 "은하에서 돌아 나와 강물 속에 이르는 길"이다. 강물 속에는 "잠들지 못하는 물고기들이/달꽃 흐르듯 물결 짓"고 있다. "지느러미 파닥이는 소리에" 시인의 "귀청 한쪽이 무너진다". "물고기 울음소리인가/달빛 울음소리인가" 모르겠다. 하지만 실제로 시인이 "강가에 쪼그려 앉아" "듣는" 것은 시인 자신이다. 생각해보니 시인에게는 "먼 길 돌아온 길, 돌아가야 할 길"이 있다. 마침내 시인은 "아득한 날개로 달에게 묻는다". "강물도 달빛도 말이 없"지만 말이다. 이제 허공에는 "둥둥 홀로 떠가는 둥근 입술 하나"만 있을 따름이다. 그것은 "신들이 놓고 간 죄의 씨앗 하나"이기도 하다. 여기서 물어보자. "강가에 쪼그려 앉아" 시인이 듣는 시인은 누구인가. 점차 지워지고 있는 존재이다. "침묵의 신들이 하얗게" 그"를 지우며" 가고 있기 때문이다. (c)

꽃 진 자리

이운룡

꽃 진 자리가 꽃보다 곱다.
갓난아기 엄마의 산후 상처다.

살을 찢고 울음이 터져 나온
꽃이 진 성스러운 아픔
엄마는 그렇게 상처를 만들고
상처를 봉합하여
비로소 아기 울음을 내보낸다.

상처가 영광이고
울음이 생명이다.

꽃은 순간의 아름다움을 위해
상처는 미래의 영광을 위해
살을 찢는 아픔을 참고 기도하며 아파한다.

꽃 진 자리가 세상의 창이다.

햇빛을 영접할 창은
부끄러움 타는 열매의 눈에 있다.
사람으로 나아가는 처음과 끝에 있다.
지순한 부끄러움과 그 빛깔이
뜨거운 가슴과 사랑이
온 세상의 기쁨이고 희망이다.

(『미네르바』 2015년 가을호)

꽃 진 자리는 얼핏 지저분해 보인다. 그 자리에 말라비틀어진 꽃이 붙어 있으면 더욱 그렇다. 하지만 이 시에서 시인은 "꽃 진 자리가 꽃보다 곱다"고 말한다. '꽃 진 자리'가 "갓난아기 엄마의 산후 상처" 같은 곳이기 때문이다. 꽃이 져야 열매가 맺히거니와, 그렇다면 '꽃 진 자리'는 생명의 자리라고 해야 옳다. 시인이 '꽃 진 자리'를 "살을 찢고 울음이 터져 나온" 곳으로 인식하고 있는 것도 이 때문이다. "성스러운 아픔"의 자리 말이다. 그렇다. "엄마는 그렇게 상처를 만들고/상처를 봉합하여/비로소 아기 울음을 내보낸다." "상처가 영광이고/울음이 생명"인 까닭이 여기에 있다. 시인이 "꽃은 순간의 아름다움을 위해/상처는 미래의 영광을 위해/살을 찢는 아픔을 참고 기도하며 아파한다"고 말하고 있는 것도 이와 무관하지 않다. 시인이 생각하기에는 "꽃 진 자리가 세상의 창"인 것이다. 세상의 창인 '꽃 진 자리', 식물의 성기인 꽃이 지면서 만드는 상처에서 새 생명, 새 열매가 태어난다는 것을 알아야 한다. 이는 사람의 경우에도 마찬가지이다. 식물에게는 꽃인 사람의 성기……. 다름 아닌 그곳이 "사람으로 나아가는 처음과 끝"인 것이다. 이제는 당신도 "지순한 부끄러움과 그 빛깔이" "온 세상의 기쁨이고 희망"인 것을 잘 알리라. (c)

바람의 파수꾼

이은봉

무엇으로, 어떻게 바람을 지키겠다는 것인가 그대는
손오공처럼 구름을 타고 하늘로 올라가 바람을 지키겠다는 것인가
이마에 손을 올리고 저기 아득한 허공을 주욱 둘러보고는
불어오는 바람을 꼼짝 못하게 잡아 묶어 한군데 꼭 고여 있게 하겠다는 것인가
킥킥킥, 새들이 웃는다 새들의 웃음소리가 들리지 않는가
실은 새들도 지키지 못하는 것이 그대가 아닌가
바람보다 먼저 새들이나 지켜보시지
새들보다 먼저 구름이나 지켜보시지
새들도 제대로 지키지 못하면서
구름도 제대로 지키지 못하면서
어떻게, 무엇으로 바람을 지키겠다는 것인가
도대체 무슨 근거로, 무슨 이유로
그대는 바람을 지켜야 한다고 생각하는가
바람은 사람, 사람은 마음, 마음은 자유……, 자유가 발길을 만들고, 발길이 역사를 만들지
바람을 지키겠다는 것은 역사를 지키겠다는 것
그대는 무엇으로, 어떻게 역사를 지키고 바람을 지키겠다는 것인가
지키겠다는 것은 가두겠다는 것, 무엇으로, 어떻게 바람을 가두겠다는 것인가
바람은 흐르는 것, 바람은 달리는 것

그렇지 바람은 여기저기 스미는 것, 별안간 솟구치는 것, 아직도 그대는 구름을 타고 있는가
그대가 타고 있는 구름은 뜬구름
손오공의 흉내 그만두고 얼른 땅으로 내려오시게
땅에 깊이 뿌리를 내리고 미루나무처럼 하늘을 향해 머리칼이나 날려보시게
이것이 실은 바람을 지키는 일
바람이 지금 그대의 여린 잎사귀들을 부드럽게 어루만지고 있잖나.

(『시인동네』 2015년 겨울호)

바람처럼 붙잡기 힘든 상대가 있을까? 바람은 흐르는 물보다도 더 붙잡기 어렵다. 느닷없이 불어왔다가도 순식간에 사라지는 것이 바람이다. 이 시의 화자는 바람을 붙잡겠다는 '그대'를 향해 그 어려움을 강변하고 있다. 새들보다도 바람을 잡기는 더 어렵다. 붙잡기 힘들고 쉽게 변한다는 점에서 바람은 사람의 마음과도 흡사하다. 바람이 났다, 바람처럼 떠돈다와 같은 말이 흔하게 쓰이는 것은 그 때문이다. 바람처럼 자유로운 마음이 새로운 길을 만들고, 역사를 만든다. 그러므로 바람을 지키겠다는 것은 역사를 지키겠다는 것만큼이나 어려운 일이다. 바람을 잡겠다고 뜬구름처럼 떠 있는 것보다는 차라리 나무처럼 땅에 뿌리 내리고 지나가는 바람을 맞는 것이야말로 바람을 지키는 방법이다. 바람의 파수꾼은 바람이 지나는 길목을 묵묵히 지키는 자이다. (d)

일관된 생애

이장욱

태어난 뒤에 일관성을 가지게 되었다. 그것이 무엇인지 몰랐는데
눈 코 입의 위치라든가 뒤통수의
방향 같은 것인가
또는 너를 기다리는 표정

나는 정기적으로 식사를 했다. 같은 목소리로 통화를 하였다. 비슷한 슬픔에 빠졌다. 변성기는 지났습니다만

저는 살인자이며 동시에
이웃들에게 아주 예의 바르고 성실한 사람입니다. 그것이
사회의 덕목,
정중하게 넥타이를 매고 예식에 참석했다가
취한 뒤에는 술잔을 던지고

출근길의 가로수가 언제나 거기에 서 있는 것을 좋아하였다. 길고양이가 지나다니는 골목의 밤을 깊이 이해하였다. 나타났다가 사라지는 것이
매우 일관되었다고

오늘도 변함없이
죽은 사람들에게 조금 더 가까워집니다.
어렸을 때부터 독재자와 신비주의자가 싫었어요.

제게도 미친 듯이 좋아했던 사람이 있었는데……
누구였더라.

내가 어느 날 당신의 전화를 받지 않을 것이다.
술집에서 떠들다가 문득 침울해질 것이다.
살아가다가
이제는 살고 있지 않을 것이다.

아무래도 나는 어제의 옷을 다시 입고
오늘의 외출을 하는 것이었다.
거짓된 삶에 대하여 계속
무언가를 떠올렸다.

(『시로여는세상』 2015년 봄호)

한 사람의 정체성은 어떻게 유지되는 것일까? 사람은 계속 나이를 먹고 달라지는데 어떻게 같은 사람으로 인식되는 것일까? 생애에는 어떤 일관성이 있어서 한 사람을 유지시켜주는 것일까? 눈 코 입의 위치나 뒤통수의 방향이 그대로라고 해서 일관된 생애라 할 수 있을까? 이 시에는 이중인격자로 보이는 살인자가 등장한다. 평상시에는 예의 바르고 성실한 사람이지만 돌변하면 무슨 짓을 할지 알 수가 없다. 미친 듯이 사랑했던 사람이 있었다면서 누구였는지 기억도 못 하고 떠들다가도 문득 침울해지는 이 사람은 심지어 "살아가다가/이제는 살고 있지 않을 것이다." '일관된 생애' 란 관념은 모순에 불과하다는 차가운 웃음을 던진다. '하다' 체와 '습니다' 체의 서술형 어미를 번갈아 쓰면서 일관성을 왜곡시키는 구성 방법과 시제의 불일치에서 발생하는 아이러니가 계속해서 거짓된 삶에 대한 통찰을 촉구한다. (d)

리어카 바퀴

이재무

리어카 바퀴를 보면 숙연해진다

자전거 바퀴를 보면 경쾌해지고
오토바이, 자동차, 기차 바퀴를 보면
어지럽고 섬뜩해진다

세상은 갈수록 빠르게 구르는 바퀴를 선호하지만
나는 리어카 바퀴를 따르고 싶다

힘들이지 않으면 구르지 않는 바퀴
사람의 걸음과 보폭이 나란한 바퀴

짐의 무게에 민감한,
오르막길엔 끙끙대며 땀을 뻘뻘 흘리다가도
내리막길엔 제법 속도를 낼 줄 아는 바퀴

평지에서는 표정이 없는,
추월을 모르는, 새치기하지 않는,
고지식한 정직, 근면하게 걸어가는 바퀴

여생을 나는 저 바퀴와 함께하리라

(『작가들』 2015년 겨울호)

"바퀴를 보면 굴리고 싶어진다"고 한 것은 황동규 시인이다. 이재무 시인은 좀 더 구체적으로 '리어카 바퀴'에 자신의 생각을 싣는다. "리어카 바퀴를 보면 숙연해진다"라고 노래하고 있는 것이 그이다. "리어카 바퀴를 보면" 무엇 때문에 "숙연해"지는 것인가. "자전거 바퀴를 보면 경쾌해지고/오토바이, 자동차, 기차 바퀴를 보면/어지럽고 섬뜩해"지는데 말이다. "세상은 갈수록 빠르게 구르는 바퀴를 선호하지만/나는 리어카 바퀴를 따르고 싶다"고 그는 노래한다. "힘들이지 않으면 구르지 않는" 것이, "사람의 걸음과 보폭이 나란한" 것이 리어카 바퀴이다. 따라서 리어카 바퀴는 지나치게 빠르게 구르는 바퀴가 아니다. "짐의 무게에 민감한,/오르막길엔 끙끙대며 땀을 뻘뻘 흘리다가도/내리막길엔 제법 속도를 낼 줄 아는" 것이 리어카 바퀴이다. "평지에서는 표정이 없는,/추월을 모르는, 새치기하지 않는,/고지식한 정직, 근면하게 걸어가는" 것이 리어카 바퀴인 것이다. 이때의 리어카 바퀴가 단순히 리어카 바퀴만을 지칭하지 않는다는 것은 불문가지이다. 동시에 그러한 사람을 뜻하기 때문이다. 이 시의 말미에서 "여생을 나는 저 바퀴와 함께하리라"라고 노래할 때의 바퀴가 바퀴인 동시에 사람이라는 얘기이다. 이때의 리어카 바퀴에는 물론 시인의 자아가 투영되어 있다. (c)

더덕향

이종섭

1호선에서 3호선으로 갈아타기 위해
좁고 긴 통로를 바쁘게 걸어가는데
초음속보다 빠른 향기가 나를 덮쳐왔다

승객들을 소화하느라 지쳐버린 지하철
불쾌한 냄새와 소음을 뿜어내는 내장 속에
상큼한 향이 진동하기 시작했다

구부정한 노파가 펼쳐놓은 더덕 한 보자기
사는 사람 없어도 괜찮다는 듯
바닥에 앉아 무심히 껍질만 벗기고 있는데도

지나가는 사람들의 호흡기를 타고 들어가
온 정신을 사로잡아버리는 신비의 향료

한 방울 떨어뜨리자마자
어둑한 지하 이동 공간은 향수 공장으로 변하고
사방에서 몰려온 사람들은 향수병이 된다

집으로 돌아가 숨을 내쉬면
구석구석 퍼져가는 향긋한 바람
포근한 이불 속에서 아내를 안아주면

부드러운 살결에 촉촉하게 스며드는 향기로운 즙

정겨운 대화를 나누는 더덕 두 근(根)이
묵은 껍질을 벗는 밤

향기는 어둠 속에서도 길을 잃지 않는다

(『창조문예』 2015년 8월호)

작품의 화자는 "1호선에서 3호선으로 갈아타기 위해/좁고 긴 통로를 바쁘게 걸어가" 다가 "더덕향"을 맡는다. "승객들을 소화하느라 지쳐버린 지하철/불쾌한 냄새와 소음을 뿜어내는 내장 속에/상큼한 향이 진동" 함을 느끼는 것이다. "더덕향" 이 "지나가는 사람들의 호흡기를 타고 들어가/온 정신을 사로잡아버리는 신비의 향료" 가 되는 이유는 무엇일까? "한 방울 떨어뜨리자마자/어둑한 지하 이동 공간은 향수 공장으로 변하고/사방에서 몰려온 사람들은 향수병이" 되는 이유는 또 무엇일까? "더덕" 이 자연의 향을 내기 때문일 것이다. 그리하여 "더덕향"은 이 도시의 냄새를 지워주는 역할을 한다. 물질주의에 찌든 인간을 자연의 존재로 살려내는 것이다. "포근한 이불 속에서 아내를 안아주면/부드러운 살결에 촉촉하게 스며드는 향기" 가 그 모습이다. "더덕향"은 "어둠 속에서도 길을 잃지 않는다". ⓐ

필사한다 고로 나는 존재한다

이주희

습작을 위하여
블로그에 독수리 타법으로 시 한 편 필사하는데
내가 여태껏 운전면허를 못 딴 이유가 분명해진다

필사한 시에 만발한 오타에는 몇 가지 유형이 있다
가령 '했따'나 '있꼬'처럼
쌍자음을 위해 밟았던 브레이크 때문에
쌍자음에서 머물기도 하고
'어미닭ㄱㄱㄱ'이나 '병아리ㅣㅣㅣ'같이
액셀에 계속 힘을 주어 어미닭을 쫓아다니는 병아리들처럼
같은 글자가 줄줄이 이어진다
식사 후엔 졸음운전을 하여 같은 글자가 몇 행이나 계속되기도 하고
더러는 급한 마음에 몇 글자나 몇 행을 추월하는 때도 있다

아무리 바빠도 급발진하듯 무조건 내달려도 안 되고
브레이크만 밟느라 다른 차의 주행을 방해해도 안 되는데

오타가 가득한 블로그의 시 한 편

액셀과 브레이크를 공깃돌처럼 부리지 못해서
또 졸음운전을 하다가
추월을 하다가
대형 사고를 내지는 않을까 저어하면서도

필사한다 고로 나는 존재한다

(『시와문화』 2015년 여름호)

데카르트가 『방법서설』에서 회의 끝에 도출한 철학의 제1원리인 '나는 생각한다. 그러므로 나는 존재한다(Cogito, ergo sum)'라는 명제가 연상되는 작품이다. 시인이란 누구인가? 시인은 존재 가치가 있는가? 시인은 어떤 행동을 해야 하는가? 결국 시인이란 시를 쓰는 존재가 아닌가? 그렇지만 "습작을 위하여/블로그에 독수리 타법으로 시 한 편 필사하는" 일조차 쉽지 않다는 것을 경험한다. "가령 '했따'나 '있꼬'처럼", "'어미닭ㄱㄱㄱ'이나 '병아리ㅣㅣㅣ' 같이" 오타를 내는 것이다. "식사 후엔 졸음운전을 하여 같은 글자가 몇 행이나 계속되기도 하고/더러는 급한 마음에 몇 글자나 몇 행을 추월하는 때도 있"는 것이다. 화자는 "오타가 가득한 블로그의 시 한 편"을 내려다보면서 어떻게 할 것인가를 또다시 고민하다가 마침내 "필사한다 고로 나는 존재한다"라고 생각한다. 습작을 위한 필사도 쉽지 않은데, 시를 창작하는 일이 얼마나 어렵겠는가. 그러므로 포기할 수 없지 않는가. ⓐ

무쇠 발판 재봉틀

이진희

그때로부터 먼 훗날
바람의 병사들이 검은 돌담을 무시로 타넘던
추운 밤들을 생각하는 오늘

나는 어쩌다가 생겨났다
지금의 내가 아닐 수도 있었던 나는
어쩔 수 없어져 태어났다

그날, 나의 어린 엄마가
도망칠 배편을 어렵사리 구해놓은 그날
시집간 막내딸이 어찌 사는지 궁금했던 외할아버지가
언제 가마, 하는 기별 없이 섬에 내리지 않았더라면

엄마는 여태까지와는 다른 삶을 살았겠지
엄마 뱃속에 든 나도 어떻게 되었을지 모르지만
그랬던 그때가 지금에 이르렀다

그 옛집 어두컴컴한 건넛방 무쇠 발판 재봉틀로
밤마다 엄마가 기워나간 건
도무지 알 수 없는 심란한 미래

어쩌다가 이런 시가 생겨난 것 같지만

꼭 그렇지만은 않은 것 같은 오늘
이상하다 발이 몹시 시리다
차가운 무쇠 발판을 맨발로 구른 것처럼

(『시향』 2015년 겨울호)

나는 어쩌다가, 어떻게 이 세상에 태어났을까. 생각이 좀 있는 사람이라면 이는 누구나 궁금해하는 문제이다. 시인은 이 시에서 자신이 이 세상에 태어나게 된 계기, 과정 등에 대해 반추하고 있다. “바람의 병사들이 검은 돌담을 무시로 타넘던/추운 밤들을 생각하는 오늘” 말이다. 우선 시인은 “나는 어쩌다가 생겨났다/지금의 내가 아닐 수도 있었던 나는/어쩔 수 없어져 태어났다”고 말한다. 정말 그러한가. 돌이켜보면 “어린 엄마가/도망칠 배편을 어렵사리 구해놓은 그날/시집간 막내딸이 어찌 사는지 궁금했던 외할아버지가” 아무런 “기별 없이 섬에 내리지 않았더라면//엄마는 여태까지와는 다른 삶을 살”고 있을지도 모른다. “어렵사리 구해놓은” 배를 타고 엄마가 섬을 빠져나왔을 것이기 때문이다. 그렇게 되었다면 “엄마 뱃속에 든 나도 어떻게 되었을지” 알 수가 없다. 아무튼 시인은 엄마가 섬을 빠져나가지 못했기 때문에 “그때가 지금에 이르렀”다고 생각한다. 따져보면 “옛집 어두컴컴한 건넛방 무쇠 발판 재봉틀로/밤마다 엄마가 기워나간 건/도무지 알 수 없는 심란한 미래”였는지도 모른다. 그렇다. “어쩌다가 이런 시가 생겨난 것 같지만/꼭 그렇지만은 않은 것 같”기도 하다. 어떤 필연이 작동했기 때문이다. 시인은 지금 “이상”하게도 “발이 몹시 시리다”. “차가운 무쇠 발판을 맨발로 구른 것처럼” 말이다. 한 사람이 아무렇게나 우연히 그냥 이 세상에 태어나는 것은 아니다. (c)

돼지감자

이하석

1

왜 잔인한 기억의 흙들에 뿌리 내려 저리 퍼렇게 우거질까? 슬금슬금 밭뙈기 가에서 솟아오르더니 여름 오기 전 못된 질문처럼 숲을 이룬다.

2

여름이 지쳐갈 무렵 노란 꽃들이 숲의 상부에 피어나 마구 주위를 살핀다. 자신의 뿌리 감추려 눈치 보는 걸까? 그 뿌리들이 여전히 주검들에 닿아 있다면, 가을에 밭 주인은 울퉁불퉁하게 뭉쳐진 덩어리들을 캐내면서 문득 새로 드러나는 대답의 뼈들인가 싶기도 하리라.

3

돼지감자 뿌리는 당뇨 등에 좋단다. 주검들이 북돋워서 무성하게 했다면, 저 숲 갈아엎어 그 뿌리 맺힌 응어리들을 수확한 게 내 트라우마인 그리움의 치료약이 되기도 할까? 뚱딴지* 같으니라구? 글쎄, 저것들 점점 더 번져나가 총살한 이들 파묻은 언덕 덮은 것 보라구. 그게 자연스럽다면, 숨기려는 게 아니라 보듬는 것 아니겠어?

* 돼지감자의 다른 이름.

(『유심』 2015년 6월호)

못생긴 식물의 대명사인 감자 중에서도 특히 못생긴 것이 돼지감자이다. 돼지감자는 혹같이 솟은 부분이 많아 유난히 울퉁불퉁하다. 뚱딴지는 돼지감자의 다른 이름이다. 못생기고 무뚝뚝한 사람을 뚱딴지같다고 할 정도로 볼품이 없다. 돼지감자는 이런 혹평과 푸대접 속에서도 묵묵히 뿌리를 내리고 빠르게 번식한다. 돼지감자가 뿌리를 내리는 거친 들판, 버려진 땅에는 어떤 사연들이 숨어 있는 것일까? 이런 상상으로 시작된 시는 계절의 흐름을 따라 전개되면서 질문의 답을 찾아나간다. 여름 오기 전 왕성하게 줄기를 뻗어 시퍼렇게 우거졌던 돼지감자는 여름의 끝자락에 노란 꽃들을 가득 피워 올린다. 돼지감자의 줄기와 꽃은 왜 저다지도 무성한 걸까? 감추어진 무엇이 있어 저리도 한사코 덮으려는 걸까? 돼지감자의 독특한 생태는 땅과 관련된 어두운 기억과 자꾸만 연결된다. 돼지감자가 뒤덮은 버려진 땅은 "총살한 이들 파묻은 언덕"일지도 모른다. 인적이 뜸한 그곳에 아무도 돌보지 않는 돼지감자가 절로 뿌리내려 가득 덮여 있다. 천덕꾸러기 같은 돼지감자는 홀로 자라 유용한 작물이 된다. 돼지감자는 아마도 억울한 주검이 가득한 버려진 땅을 보듬어 안고 있었을 것이다. 그런 상상 속에서 돼지감자는 당뇨에 좋은 약재일 뿐 아니라 "그리움의 치료약"이 되어간다. 돼지감자의 건강한 생태는 상처를 피하는 것이 아니라 보듬는 것이야말로 진정한 극복의 방식이라는 깨달음을 준다. (d)

자유 여행

이해웅

주름이 얼굴을 덮는다
그는 없다
두어 번 눈을 끔벅이던 과거
잊는다는 건 바람의 옷을 껴입는 것
뚜벅뚜벅 얼음 위로 걷기도 하는
형체 없는 너를 만진다는 건
나의 오감이 숨 쉬고 있음을
시험하는 일
걷는 발밑에서
어긋난 시간이 삐걱거린다
좁은 통로에서 옷깃을 스치는 사람들끼리
알 수 없는 수화로 이야기한다
모자를 벗어던지니 무제 위에
제목이 하나 올라붙는다
시든 목화를 누가 가꾸랴
아는 것은 힘이 아닌 족쇄다
바람을 잡으려 들지 마라
지금까지 본 것은 파멸이다
집 나간 빈집을 지키려 들지 마라
빈집은 빈집으로 충만하다
나뭇잎에 해보는 낙서 위에
햇빛이 뒤꿈치를 들고 지나간다

(『신생』 2015년 봄호)

작품의 화자는 "주름이 얼굴을 덮"은 모습을 보면서 자신의 삶의 여정이 "자유 여행"이었다고 생각한다. "그는 없다"고, "두어 번 눈을 끔벅이던 과거/잊는다"고 "바람의 옷을 껴입는" 것이다. 일반적으로 시간은 과거, 현재, 미래로 구분해서 인식하지만, 화자는 이 순간만을 인식한다. "뚜벅뚜벅 얼음 위로 걷기도 하는/형체 없는 너를 만진다는 건/나의 오감이 숨 쉬고 있음을/시험하는 일"에 불과하다는 것이다. 과거의 일에 얽매이지 않고, 막연한 미래에 기대하지 않고, 주어진 순간에 최선을 다하는 것이 기쁘고 즐겁고 행복한 "자유 여행"이라고 인식한다. 그리하여 "아는 것은 힘이 아닌 족쇄다"라는 역설을 말하고, "바람을 잡으려 들지 마라"고 시간의 흐름에 몸을 맡긴다. 자신의 운명에 최선을 다하는 것이다. 이해웅 시인(1940~2015)은 부산 기장군 장안읍 고리에서 태어나 1973년 시집 『벽』을 간행하면서 작품 활동을 시작했다. 맑고도 올곧은 심성으로 일상과 고향에 대한 그리움 등을 노래했다. 고리 원전 4기가 들어서면서 고향을 상실한 시인이기도 했다. (a)

까다로운 주체 2

이현승

누군가의 솔직함이 다른 수준에서는 잔인함이 되듯
하수구에서 올라오는 고약한 냄새처럼
사실 그 자체보다 더 끔찍한 충고는 없다.

그러나 즉시대출, 파산땡처리, 창고대방출,
악착같이 달라붙어 나부끼는 전단지들처럼
너무 적극적인 구애는 대꾸할 말을 찾기 어렵다.
살 사람은 알량한데, 팔겠다는 사람들만 넘쳐나는
이 판세는 말 그대로 공세적이다.

사는 사람의 관점에서는
그러니까 살아야 하고,
그러므로 살아야 하고,
그럼에도 불구하고 살아야 하니까
무능력과 파산조차 상술이 될 수 있는 거지만

주지도 않은 상처를 애써 떠안은 사람처럼
팔려는 사람은 자꾸만 이편의 무관심을 불만으로 번역한다.

무능력의 문제라면
우리는 싫다기보다는 쉬고 싶은데
하필 퇴로의 전사들처럼 귀가할 때
길에 떨어진 여자 팬티처럼, 당혹스럽다.
팬티를 안 입은 것처럼, 잠깐.

(『현대시학』 2015년 9월호)

사는 것이 점점 힘겹고 각박해진다. 고도성장의 그늘은 더 어둡고 차갑다. 한동안 생활의 냄새가 나지 않았던 우리 시에 다시 삶의 민낯이 보이기 시작하고 있다. 즉시대출, 파산땡처리, 창고대방출 같은 전단지의 언어, 외면하고 싶은 적나라한 현실이 시 안으로 직진한다. "그러니까 살아야 하고,/그러므로 살아야 하고,/그럼에도 불구하고 살아야 하니까"라는 절박한 삶의 목소리가 가득하다. 이런 악다구니 속에서 무관심이 불만으로 오해를 받는 상황들은 당혹스럽기까지 하다. 모두가 자기주장만 하고 자기식으로 해석하는 가운데, 무반응조차 거부와 불만으로 여겨져 피곤하기 그지없다. 그저 쉬고 싶은 마음조차 허락되지 않는 각박한 현실에서 무능력한 주체는 어느새 까다로운 주체가 되고 현실은 점점 당혹스러워진다. 길에 떨어진 여자 팬티가 보는 이의 부끄러움을 불러일으키는 것처럼, 팬티를 안 입은 것 같아 소스라치게 놀라는 순간처럼, 각박해진 삶의 적나라한 광경은 언제나 당혹스럽다. 요즘 우리 사회에 불어닥친 경제적 한파가 미치는 심리적 충격파가 실감나게 드러나는 시이다. (d)

물고기종(鐘)

임솔내

답사 길에 얻어 온 작은 쇠종 하나
아파트 현관문 위에 매단다

여느 때는 까맣게 잊고 산다
저도 내가 종종걸음으로
찾기 전까지는 나를 모른 체한다

절집 처마에 매달려 있던 그대로
현관문이 열렸다 닫히면
그의 입은 열리고 내 귀는 트인다

종소리 속에서는 천지사방 떠돌며
발품을 팔던 때의 대답, 죽죽 쏟아진다

절로 몸을 낮춘 내 드나드리는
물고기종에게 드리는 예배다

현관문에 매달려 있는 묵언들
댕그렁, 쏟아져 내릴 때
현관문 앞 오체투지로 엎드려 있는 신발들 참 많다

자주 내 집에서 열리는 화엄 세계
저 노릿한 쇠종 소리가
천년 고찰의 전언인 줄 몰랐다

(『시와표현』 2015년 3월호)

절집 처마에는 풍경(風磬)이 매달려 있다. 이 시에서는 그것을 쇠종이라고 한다. 쇠종에는 물고기 모양의 쇠막대가 붙어 있다. 쇠종을 물고기종이라고도 부르는 것은 이러한 이유에서이다. 바람이 불면 물고기 모양의 쇠막대는 쇠 종을 쳐 댕그렁 소리를 낸다. 이 쇠종은 시인의 집 "아파트 현관문 위에"도 매달려 있다. 시인이 "답사 길에 얻어 온" 것을 그곳에 매단 것이다. "여느 때는 까맣게 잊고" 사는 것이 이 쇠종이다. 시인은 "내가 종종걸음으로/찾기 전까지는" 쇠종도 "나를 모른 체한다"고 말한다. "현관문이 열렸다 닫히면" 쇠종의 "입은 열리고 내 귀는 트인다"고 말이다. "종소리 속에서"는 시인이 "천지사방 떠돌며 발품을 팔던 때의 대답"이 "죽죽 쏟아진다". "절로 몸을 낮춘" 종소리를 향한 시인의 "드나드리는/물고기종에게 드리는 예배다". "현관문에 매달려 있는 묵언들"이 더러는 "댕그렁, 쏟아져 내릴 때"도 있다. 그때도 "현관문 앞에"는 "오체투지로 엎드려 있는 신발들"이 "참 많다". 시인의 이러한 "집에서"는 자주 "화엄 세계"가 열린다. 급기야 시인은 "저 노릿한 쇠종 소리가/천년 고찰의 전언인 줄 몰랐다"는 것을 한탄한다. 시인이 "아파트 현관문 위에 매"단 쇠종을 통해 자신의 현존을 되새기고 있는 시이다. ⒞

모래

임솔아

오늘은 내가 수두룩했다.
스팸 메일을 끝까지 읽었다.

난간 아래 악착같이 매달려 있는
물방울을 끝까지 지켜보았다.
떨어지라고 응원해주었다.

내가 키우는 담쟁이가 몇 개의 잎을 가지고 있는지
처음으로 세어보았다. 담쟁이를 따라 숫자가 뒤엉켰고 나는
속고 있는 것만 같았다.

술래는 숨은 아이를 궁금해하고
숨은 아이는 술래를 궁금해했지. 나는
궁금함을 앓고 있다.

깁스에 적어주는 낙서들처럼
아픔은 문장에게 인기가 좋았다.

오늘은 세상에 없는 국가의 국기를 그렸다.
나만 그걸 그릴 수 있다는 게 자랑스러워서

벌거벗은 돼지 인형에게 양말을 벗어 신겼다.
돼지에 비해 나는 두 발이 부족했다.

빌딩 꼭대기에서 깜빡거리는 빨간 점을

마주 보면 눈을 깜빡이게 된다.
깜빡인다는 걸 잊는 방법을 잊어버려 어쩔 줄 모르게 된다.

오늘은 내가 무수했다.
나를 모래처럼 수북하게 쌓아두고 끝까지 세어보았다.
혼자가 아니라는 말은 얼마나 오래 혼자였던 것인가.

(『현대문학』 2015년 8월호)

시간이 경품처럼 갑자기 쏟아져 주체할 수 없을 정도로 많아진다면 이런 일들이 가능할까? 스팸 메일을 끝까지 읽고, 난간 아래 매달려 있던 물방울이 떨어질 때까지 계속 바라볼 수도 있겠지. 담쟁이 잎의 수도 세어볼 수 있을 것이다. 시의 전개는 이런 한가한 상상을 환유적으로 이어간다. 담쟁이 숫자가 뒤엉켜 속고 있는 것 같은 기분에서 어린 시절 숨바꼭질할 때의 기분을 떠올리게 된다. 숨바꼭질할 때는 술래만 다른 아이를 궁금해하는 것이 아니라 서로가 서로를 궁금해한다. 이때처럼 '나'는 "궁금함을 앓고 있다." "앓고 있다"는 말로 인해 "깁스에 적어주는 낙서들"이 떠오른다. 낙서들에 이어 "세상에 없는 국가의 국기"가 등장한다. 이런 국기를 생각해낼 수 있다는 것에 스스로 고무되어 벌거벗은 돼지 인형에게 양말을 신겨주기도 한다. "돼지에 비해 나는 두 발이 부족했다." 이상한 나라에 빠져버린 것처럼 시간이 한없이 늘어난 상황 속에서 '나'는 다양한 생각의 전도를 경험한다. 일상적인 시간의 리듬 속에서는 전혀 할 수 없는 특이한 생각들이 넘쳐난다. 빌딩 꼭대기에서 깜빡이는 빨간 점을 따라 눈을 깜빡이다 보면 "깜빡인다는 걸 잊는 방법을 잊어버려 어쩔 줄 모르게 된다." 이런 순간 '나'는 일상과 다른 시간의 계열 속으로 들어간 것과 같다. 한없이 이어질 것 같은 여러 시간 속의 '나', 모래처럼 수북하게 쌓아놓고 경험한 수많은 '나'는 사물과 '나'의 긴밀한 관계를 알 수 있게 한다. 사물과 접촉하는 시간을 연장하여 끝까지 음미해보면서 '나'는 아주 오랜만에 혼자가 아니라는 느낌을 갖게 된다. (d)

두만강에서 백석을 만나다

임 윤

겨울 강은 입술을 굳게 깨물고 있었다
잡힐 것 같던 건너편 민둥산도
후려치는 눈보라에 귓바퀴에서 떨어져 나갔다
국경에서 하얗게 고립되고 싶은 날
강 건너편 누군가는 사시나무가 될 터인데
도문강 호텔엔 새파란 눈의 러시안들이 북적인다
눈길에 찾아 나선 훈춘 평양관
평양서 왔다는 처녀들의 노래가 겨울을 녹인다
선반에서 색 바랜 책 한 권을 껑충 뛰어 두 손에 넣었다
1930년대 활동한 시인들이란 낡은 책 속에
백석은 깨알 같은 글씨로 갇혀 있었다
북으로 간 백석과 처음 만남에 가슴이 뛰었다
숨죽여 강을 건너는 발자국 소리가 들릴 것만 같은 밤
백석을 데려오고 싶었다
나타샤와 당나귀를 밤새 이야기하고 싶었다
들쭉술에 겨울은 뜨거워지고 덩달아 마음도 달떴다
"평양 아가씨, 백석을 아세요?"
"모릅네다. 제자리에 갖다 놓시라요."
책임자를 불러 백석을 석방해달라고 했다
"남조선 선생은 왜 껑충 뛰어서 책을 꺼냅네까?"
아무도 없는 구석에서 만난 백석인데

누군가 CCTV로 우리의 만남을 감시하고 있었나 보다
보위부 냄새가 나는 젊은 친구는 막무가내였다
녹아내리던 겨울은 차갑게 얼어갔다
골목길엔 우당탕거리는 바람이 몰려다니고
빛바랜 갈피 속으로 백석은 사라졌다
눈의 창살을 뚫고 숙소로 가는 길
당나귀 대신 개 짖는 소리 눈발에 묻혀
멀리 불빛 한 점 없는 강 건너편은 하얗게 지워지고 있었다

(『울산작가』 2015년 하반기)

작품의 화자는 "눈길에 찾아 나선 훈춘 평양관"에서 자신이 좋아하는 "백석" 시인을 뜻밖에 만났다. 이 세상의 사람이 아니기에 "선반에서 색 바랜 책 한 권을 껑충 뛰어 두 손에 넣"은 것이다. "1930년대 활동한 시인들이란 낡은 책 속에/백석은 깨알 같은 글씨로 갇혀 있었"는데, "북으로 간 백석과 처음 만남"이기에 "가슴이 뛰었다". 그리하여 "숨죽여 강을 건너는 발자국 소리가 들릴 것만 같은 밤/백석을 데려"와 "나타샤와 당나귀를 밤새 이야기하고 싶었다". 그렇지만 화자는 자신의 희망이 이루어지기 힘들다는 사실을 금세 깨닫는다. "들쭉술에 겨울은 뜨거워지고 덩달아 마음도 달"떠 "평양 아가씨"에게 "백석" 시인을 아느냐고 물어보았지만 모른다고 대답했을 뿐만 아니라 "보위부 냄새가 나는 젊은 친구는 막무가내"로 책을 제자리에 갖다 놓으라고 요청한 것이다. "아무도 없는 구석에서 만난 백석인데/누군가 CCTV로 우리의 만남을 감시하고 있었"던 것이다. 그리하여 화자는 남북 분단의 현실에 놀라움과 안타까움을 갖는다. 결국 "녹아내리던 겨울은 차갑게 얼어"가고, "골목길엔 우당탕거리는 바람이 몰려다니고/빛바랜 갈피 속으로 백석은 사라"지고 말았다. (a)

산소호흡기

전 숙

며느리에게 칭찬 한마디 해준
적 없는 시어머니 돌아간 날
석삼년 시집살이 쪽으로는 오줌도 안 누고
향기로운 남편과 손바닥만 한 밭떼기
벌과 꽃처럼 부쳐 먹으리 했다
설날 아침의 불운은 천식 환자의 발작처럼
그녀의 숨통을 조였다
시어머니가 돌아간 사흘 뒤, 남편도 돌연
청춘과부였던 어머니 옆자리에 봉분으로 누웠다
지골 맞았다고 동네 참새들이 며느리의 상처를 물어 날랐다
북받치는 것들이
생의 기관지에서 경련을 일으켰다
야금야금 숨길을 갉아먹는 절망 너머
폐포에 바람벽이 남아 있다는 걸
쇠붉은빰멧새가 달동네 고샅처럼 막막하게 휘돌아간
그녀의 귓바퀴에 속삭였다
아직 버텨야 할 자식들이
기관지에서 가래로 끓어오르고 있었다

버거운 등짐에 쇠락해가는 늙은 노새 같은
그녀의 허파에 산소를 불어넣어주는
이웃사촌들이 있었다

영이네는 미음을 쒀 오고
순덕이네는 아이들을 거두었다
종해 아재는 아침저녁으로 외양간을 살폈다

산소 같은 이웃들이 인공호흡기처럼
그녀의 박복한 숨길을 열어주고 있었다
민들레가 재채기하는 봄이 오고 있었다.

(『열린시학』 2015년 가을호)

"시어머니"에게 칭찬 한마디 들은 적 없는 "그녀"가 "향기로운 남편과 손바닥만 한 밭뙈기/벌과 꽃처럼 부쳐 먹으리 했"는데, "시어머니가 돌아간 사흘 뒤, 남편도 돌연/청춘과부였던 어머니 옆자리에 봉분으로" 눕고 말았다. "지골 맞았다고 동네 참새들이" 그녀의 "상처를 물어 날랐다". 그리하여 북받치는 설움이 "생의 기관지에서 경련을 일으켰다". 그렇지만 "야금야금 숨길을 갉아먹는 절망 너머/폐포에 바람벽이 남아 있다는 걸/쇠붉은빰멧새가" "그녀의 귓바퀴에 속삭"여주었다. "아직 버텨야 할 자식들이/기관지에서 가래로 끓어오르고 있"는 이치를 들은 것이다. 그렇게 귀를 열고 마음을 열자 "그녀의 허파에 산소를 불어넣어주는/이웃사촌들이 있었다". "영이네는 미음을 쒀 오고/순덕이네는 아이들을 거두"어주고 "종해 아재는 아침저녁으로 외양간을 살"펴준 것이다. 결국 "산소 같은 이웃들이 인공호흡기처럼/그녀의 박복한 숨길을 열어준" 것이다. 산소호흡기는 폐에 인공적으로 산소를 불어넣는 장치로서 위급한 생명력을 살리는 데 큰 역할을 한다. 인간만이 산소호흡기일 수 있는 것이다. (a)

인간이라는 직업

정연홍

인간이라는 직업을 갖게 되었다.
나는 사람이 싫었다. 욕설과
원망으로 세상을 저주했다.
못나고, 부끄러운 삶이라고 생각했다.
세상은 잘 돌아갔다.
경제는 나날이 발전했고, 국회의원도 잘
뽑았다. 공장의 컨베이어도 잘 돌아갔다. 나만
세상의 컨베이어에 서지 않았을 뿐
사람들은 각자의 볼트를 튼튼히 박고 있었다.

인간이라는 직업은 누구에게나 주어지지만
그냥 받아들이기에는 벅차다.
무거워 내팽개치려 해도 그렇게
되지 않는다. 떼어내려고 해도 모질게 달라붙는다.
손가락질 받는 사람도 있다.
세상에는 자신의 직업을 잘 닦아 빛나는 사람도 있다.
인간이라는 직업도 잘 닦으면 빛이 난다.
하지만 생각보다 쉽지 않다.
누구나 죽음이 가까이 왔을 때 그것을
깨닫는다. 오늘부터 나는 사람이라는 직업에 대해
다시 생각해보기로 한다.

* 인간이라는 직업 : 알렉상드로 졸리앵의 책 제목.

(『시와문화』 2015년 겨울호)

이 세상에 태어난 이상 우리는 "인간이라는 직업"을 갖고 있다. 우리의 의지와 상관없이 이 세상에 왔다고 할지라도 그것은 피할 수 없다. 그렇지만 대부분의 사람들은 사용자가 되지 못하기에 상대적 박탈감을 갖는다. 위의 작품의 화자가 "나는 사람이 싫었다. 욕설과/원망으로 세상을 저주했다./못나고, 부끄러운 삶이라고 생각했다"고 토로한 것이 그 모습이다. 그렇지만 화자의 마음과는 달리 "세상은 잘 돌아"간다. "경제는 나날이 발전"하고 "국회의원도 잘/뽑"고, "공장의 컨베이어도 잘 돌아"간다. "나만/세상의 컨베이어에 서지 않았을 뿐/사람들은 각자의 볼트를 튼튼히 박고 있"는 것이다. 그렇지만 좀 더 넓은 시선으로 세상을 바라보면 "손가락질 받는 사람도 있"지만 "자신의 직업을 잘 닦아 빛나는 사람도 있"음을 발견한다. "인간이라는 직업은 누구에게나 주어지지만/그냥 받아들이기에는 벅차다"는 것은 물론 "무거워 내팽개치려 해도 그렇게/되지 않는다"는 것도 깨닫는다. 그리하여 화자는 "사람이라는 직업에 대해/다시 생각해보기로" 한다. "인간이라는 직업"을 소유했다는 사실을 "죽음이 가까이 왔을 때" 깨닫는다면 얼마나 억울하겠는가. (a)

문익환

정우영

오래전 서울역으로 아버지를 마중 나갔을 때다. 어떤 노신사가 얼굴 가득 웃음을 펴고 양손 벌려 내게 다가오는 것이었다. 낯은 좀 익지만 이분이 누군데 나를 이리 반기시지? 나도 어색한 양손 쳐들고 다가갔는데 어허라, 그는 나를 지나쳐 내 뒷사람을 덥석 껴안는 게 아닌가. 몹시 무안해진 나는 빠른 걸음으로 그 자릴 벗어났지만 낯선 기척이 자꾸 따라붙는 것 같았다. 한참 가다가 뒤돌아보니 가만히 선 그가 훤한 웃음 물고 나를 배웅하고 있었다. 귓등이 참 따뜻해졌다. 낯선 이에게 등을 보이고 돌아서면서 평화를 느낀 건 그때가 처음이다.

(『시산맥』 2015년 여름호)

문익환(文益煥)은 누구인가. 한국기독교장로회 목사이고, 통일운동가이며, 사회운동가이고, 참여 시인이다. 통일이 되지 않으면 민주화도 되지 않는다는 진보적 기독교인들의 신념에 따라 통일 운동과 민주화 운동에 깊이 참여했던 사람인 것이다. 또한 그는 구약학에 밝은 성서학자이기도 하고, 성서의 번역가이기도 하다. 1994년 1월 18일 갑자기 심장마비로 별세하는데, 당시 운동권 언저리에서 있던 사람은 그와의 이런저런 체험을 공유하고 있다. 이 시의 시인도 작으나마 그에 대한 기억이 있다. "서울역으로 아버지를 마중 나"간 그는 "얼굴 가득 웃음을 펴고 양손 벌려 내게 다가오는" 문익환 목사를 만난다. 시인은 "낯은 좀 익지만 이분이 누군데 나를 이리 반기시지?" 하고, "어색한 양손 쳐들고 다가"간다. 하지만 "그는 나를 지나쳐 내 뒷사람을 덥석 껴안는"다. "몹시 무안해진" 시인은 서둘러 "빠른 걸음으로 그 자릴 벗어"나지만 "낯선 기척이 자꾸 따라붙는 것 같"은 느낌이 든다. "한참 가다가 뒤돌아보니 가만히 선 그가 훤한 웃음 물고" 시인을 "배웅하고 있"다. 시인은 "귓등이 참 따뜻해"지는 것을 느낀다. "낯선 이에게 등을 보이고 돌아서면서 평화를 느낀 건 그때가 처음이기 때문이다. 문익환 목사에 대한 살뜰한 기억이 따듯한 필치로 그려져 있는 시이다. (c)

레지스탕스 요새

정진경

장남,
아내의 자리는 무너지지 않는 철의 장벽
순종해야 사랑을 받는 인형의 자리이다
인형의 자리가 불편한 순간
그곳은 저항군을 길러내는 근거지
레지스탕스 요새가 된다
세뇌로 윤리적인 인간이 되어버린 나와
맹목적인 복종과 희생에 의문부호를 붙이는 내가
이중적인 저항을 한다
이 둘의 총구가 탕! 탕! 탕!
서로에게 총질을 한다

구시대와 신시대의 경계를 밟은 장남,
아내의 자리에서 그 경계는 이중적인 압제 시대
나를 찾기 위한 고독한 게릴라전,
사람의 숲을 뒤지고 다녀도 내 존재는 없다
존재가 없을수록 평화로운 집이 되는 그곳
허울 좋은 서열이 강요하는 심리적인 노예
길들여져 인형이 된 몸의 습관과
길들여지지 않는 정신이 내 안에 공존하며
홀로 저항을 하다가
홀로 휴전협정을 맺어가면서

게릴라전을 한다

평화의 숲에 매복하고 있는 윤리,
강한 스트레스 펀치에 훅! 가는 장남 아내 자리는
저항군을 길러내는 레지스탕스 요새이다

(『부산시인』 2015년 봄호)

유교주의 가부장제가 강한 우리 사회에서 "장남,/아내의 자리는 무너지지 않는 철의 장벽"이다. "순종해야 사랑을 받는 인형의 자리"인 것이다. 만약 "인형의 자리가 불편한 순간/그곳은 저항군을 길러내는 근거지/레지스탕스 요새가" 된다. 작품의 화자는 그 자리를 두고 어느 쪽을 선택할 것인가를 고민한다. "세뇌로 윤리적인 인간이 되어버린 나와/맹목적인 복종과 희생에 의문 부호를 붙이는 내가/이중적인 저항을" 하는 것이다. "장남,/아내의 자리"는 "구시대와 신시대의 경계를 밟은" 곳이어서 "나를 찾기 위한 고독한 게릴라전"을 펼칠 수밖에 없다. "사람의 숲을 뒤지고 다녀도 내 존재는 없"는 것이다. 그렇지만 화자는 고독한 저항을 포기하지 않는다. 그것이 인간 가치를 실현하는 길이라고 생각하기 때문이다. 그리하여 "허울 좋은 서열이 강요하는 심리적인 노예/길들여져 인형이 된 몸의 습관과/길들여지지 않는 정신이 내 안에 공존하"는 것을 인식하고 "홀로 저항을 하다가/홀로 휴전협정을 맺어가면서/게릴라전을" 펼친다. "평화의 숲에 매복하고 있는 윤리"가 "강한 스트레스 펀치에 훅! 가"기에 "저항군을 길러내는 레지스탕스 요새"로 만드는 것이다. 아직까지 여성의 사회적 위치가 남성에 비해 열등하기에 자신의 자리를 "레지스탕스 요새"로 만드는 화자를 응원할 필요가 있다. ⓐ

석양

조성심

그날은 유난히 해가 지지 못했다
하루내 공중제비로 지쳤을 텐데도
산허리에 붉은 띠 길게 드리우고
더디게
제 그림자를 끈다

절망이 가득한 도시를 건넜고
한창 피어나는 마을도 지났고
선한 눈동자를 말없이 주고받는 사람들의 등도 쓸어주었는데
자꾸 뒤가 밟히나 보다

보다 못해 날아가던 철새 떼
산 아래로 해를 물고 간다

(『시문학』 2015년 4월호)

해가 "하루내 공중제비로 지쳤을 텐데도" 불구하고 "산허리에 붉은 띠 길게 드리우고" 더디게 지는 까닭이 무엇일까. 절망의 도시와 희망의 마을을 지나며 선한 눈동자를 주고받으며 평화롭게 사는 사람들을 위로해주었으나 아직도 남은 아쉬움이 있기 때문일 것이다. 그것을 본 철새들이 "산 아래로 해를 물고 간다". 시인은 일몰의 순간적 풍경을 그리며 그 속에 배치된 이미지들로 해의 상징적 의미를 구체화하여 보여준다. '해'는 열정적으로 이타적인 삶을 살다 가면서도 애정을 다 베풀지 못했다고 후회하며 남은 자들을 돌아보는 너그러운 이의 마음을 암시한다. 해를 물고 가는 철새 떼는 아쉽게 지는 해의 안타까움을 더욱 강조한다. (b)

숨을 갈아 끼우는 뉴스

조연향

날아갈 듯, 사뿐사뿐
피를 돌리지 못하는 심장을 쓰레기통에 처박아버리고, 사뿐사뿐
첫돌 아가처럼 걸어 나오신다

백발 노인이 인공심장 배터리를 끼고 화면을 걸어 나오시는데 하늘은 첫눈을 뿌린다

딸깍, 스위치가 켜졌지
싸늘한 전류를 내뱉고 삼키는 푸른 모터, 노인은 낯선 별에서 로봇처럼 웃는다

삐꺽삐꺽 뼈를 부딪치면서 씩씩하게 살금살금

왼쪽과 오른쪽이 동시에 두근거리는
인공의 가슴을 새 장난감처럼 감추고 춤추듯 팔다리를 길게 흔드는 행보

털털거리는 자동차 엔진을 교체하고 툴툴 기름옷을 털고 나오는 우주인처럼
우주를 날아가야 할 것처럼

부정맥의 내 심장도 늘 불안하지만, 방아깨비마냥 펄떡펄떡 고장이 나면 새 모터로 갈아 끼울 수 있다는 소식에 두근두근

새가

고양이가
구름이
별과
할아버지가

모두들 배터리 하나씩 옆구리에 끼고, 무중력 구름 위에 사뿐, 사차원의 걸음걸이로 왈츠를 추어야지

재림하듯이 땅에서 1mm 높이 떠서 살금살금 꽃잎을 밟고 고양이 발바닥으로 걸어가는, 가슴이 없이도 설화를 옮기는 가슴이 팔딱거리는 매혹의 뉴스

(『시와소금』 2015년 봄호)

인공심장과 관련된 TV 뉴스를 보고 쓴 시이다. 미래로 가서 진화된 생로병사의 현실을 그려본 시이기도 하고……. 이른바 백세 시대라고 한다. 미래의 언젠가는 "피를 돌리지 못하는 심장을 쓰레기통에 처박아버리고" 이내 "인공심장 배터리를" 바꿔 끼운 백발 노인이 거리를 "사뿐사뿐" "첫돌 아가처럼 걸어"다닐는지도 모른다. 시인이 본 TV에서는 새로 "인공심장 배터리를" 바꿔 끼운 백발 노인이 "화면을 걸어 나오"는 때 하늘에서 첫눈이 내린 모양이다. "딸깍, 스위치가 켜"지고 심장의 "푸른 모터"가 "싸늘한 전류를 내뱉고 삼키"자 백발 "노인은 낯선 별에서 로봇처럼 웃"기도 한다. 그런 다음 이 시의 시인은 심장을 새로 갈아 끼운 백발 노인의 이런저런 행보를 나열한다. 마침내 그는 "늘 불안"한 "부정맥의" 자신의 심장도 "고장이 나면 새 모터로 갈아 끼울 수 있다는 소식에" 가슴이 두근거리는 체험을 한다. 나아가 시인은 "새가/고양이가/구름이/별과/할아버지가/모두들 배터리 하나씩 옆구리에 끼고" 사뿐사뿐 "사차원의 걸음걸이로 왈츠를 추"는 상상을 한다. 시인은 지금 "매혹의 뉴스"를 보고 미래에는 가능할 수도 있는 진화된 생로병사의 현실과 관련해 "가슴이 팔딱거리는" 체험을 하고 있는 것이다. 인간의 미래를 진화된 과학에 맡기는 데 아무런 거부감도 없는 것이 이 시인이다. (c)

봄, 심연

조용미

회천 청매 보러 갔다 구불구불 먼 길 긴 메타세쿼이아 길 만났다 녹차 밭 지났다 삐뚜름한 오층석탑 한 그루와 부딪혔다

율어, 겸백, 사람 이름 같은 지명들 통과했다

무섭도록 큰 팽나무들이 마을 입구에 줄지어 서 있다

녹색 빛 도는 매화 한 그루 아래 들어 가만 숨 고르며 서 있었다 귀신같은 매화나무와 빼이 여윈 내가 함께 있었다

건너편에서 찢어진 검은 비닐이 나무가 피워 올린 기이한 꽃처럼 미세하게 흔들리고 있다

바람은 불지 않았다 매화 옆 빈 밭에 보랏빛 자운영이 미열처럼 깔려 있었다 이상했다

붉고, 푸르고, 희고, 검은 봄에 나는 항상 먼저 도착했다

(『시로여는세상』 2015년 여름호)

봄을 기다리는 마음은 항상 봄을 앞선다. 이 시의 화자는 마음뿐 아니라 몸으로 봄을 찾아 나섰다. 두리번거리며 봄을 찾는 눈에 남도의 나무들이 들어선다. 회천, 율어, 겸백과 같이 옛사람들의 점잖은 이름을 연상시키는 지명을 통과해가며 다양한 나무들을 만난다. 메타세쿼이아가 길게 늘어선 길을 만나고 녹차 밭을 지나 오층석탑 "한 그루"와 부딪힌다. 오랜 생명력으로 직립해 있는 석탑은 한 그루 고목과 다를 바 없다. 마을 입구에는 마을보다 더 오래된 커다란 팽나무들이 줄지어 서 있다. 이 시에서 나무들의 크기와 존재감은 압도적이다. 나무마다 영이 서린 듯 범상치 않다. "귀신같은 매화나무와 뺨이 여윈 내가 함께 있"는 모습은 기이한 일체감을 드러낸다. 아직 꽃이 피지 않아 검은 가지만 앙상한 매화나무에 검은 비닐이 꽃처럼 붙어 있는 모습도 기이하다. 매화 밭에는 아직 매화꽃이 보이지 않고 보랏빛 자운영이 미열처럼 깔려 있다. 저 열이 좀 더 솟구쳐야 백화가 만발하리라. 이 시에서는 봄이 오기 직전의 아직 차고 어두운 기운이 인상 깊게 그려지고 있다. 그로 인해 봄을 기다리는 마음이 더욱 전경화된다. (d)

발목들

조 원

라인을 물고 정신없이 돌아가는 사각의 작업대 그 아래, 대량으로 빵을 삼키느라 악어처럼 입을 처벌린 불가마. 팔목들이 오븐 판에 자신의 손가락뼈를 정확히 내리꽂는 그 아래, 계란 물에서 빵으로 빵에서 계란 물로 동일한 색채를 반복하는 붓질 아래, 도화지 속 빵들이 칙칙폭폭 칙칙폭폭 끝없이 달려오고 눈 위에 눈이 내려 절대로 죽지 않는 히말라야 설경 그 지독한 유기체 아래

펄펄 끓는 주전자를 주세요. 흰색 유니폼을 녹이고 싶어요. 장애인이 토크 브란슈를 쓸 수 있다고 생각하세요? 염색체가 모자라는 우리는 일류 요리사의 모형들, 아무리 외쳐도 말할 줄 모르는 그림자. 오줌보 하나 터트리지 못하는 밥통들인데 제발 바지 내릴 시간을 주세요. 생식기 가득 찬 슬픔을 배출시켜야 해요. 도대체 얼마만큼 빚어야 32그램 반죽이 33그램이 되나요, 공장장님!

시간마다 천 개의 빵들이 살아나는 그 아래, 팥을 누르던 팔목들이 시커멓게 변질되는 그 아래, 빵을 뽑아내는 손가락에 물집이 번져 이제 몽당연필을 잡을 수 없을지도 몰라. 무릎까지 첩첩 밑단을 걷어 올린 바지. 자신의 이름이 삐뚤빼뚤 적힌, 고양이처럼 아름다운 자태로 한 번도 담장을 넘지 못한 그 아래, 유령 같은 실내화, 저 실내화들

(『다층』 2015년 여름호)

"라인을 물고 정신없이 돌아가는 사각의 작업대"에서 "빵"을 만들고 있는 "발목들"이 눈에 들어온다. 그 "발목들"은 "오븐 판에 자신의 손가락뼈를 정확히 내리꽂"고 "계란 물에서 빵으로 빵에서 계란 물로 동일한 색채를 반복하는" 작업에 매달리고 있다. 그런데 그들은 "오줌보 하나 터트리지 못하는 밥통들인데 제발 바지 내릴 시간을 주세요. 생식기 가득 찬 슬픔을 배출시켜야 해요"라고 하소연한다. "도대체 얼마만큼 빚어야 32그램 반죽이 33그램이 되나요, 공장장님!"이라고도 한다. 사용자가 정해놓은 작업량을 채우기 위해 "발목들"은 화장실조차 가지 못한 채 착취를 당하고 있는 것이다. 장시간 노동과 고강도 노동이 아직도 개선되지 않고 있다는 사실에 충격을 받는다. 그리하여 "펄펄 끓는 주전자를 주세요. 흰색 유니폼을 녹이고 싶어요"라고 하거나, "장애인이 토크 브란슈를 쓸 수 있다고 생각하세요?"라고 자학하는 목소리는 슬픔을 넘어 아프다. "시간마다 천 개의 빵들이" 만들어지고, "팥을 누르던 팔목들이 시커멓게 변질되는" 공장에서 착취당하고 있는 "발목들". 어떻게 해야 인간다운 대우를 받을 수 있을까? ⓐ

맛있는 시

채상근

속이 꽉 찬 사람을 만나면
편안해지고 또 만나고 싶듯이
속 깊은 동치미 맛처럼 시원하고
두툼한 인생살이에 담백한 맛이 나는
속 깊은 사람 같은
시를 만나고 싶다

묵은 김치에 돼지비계 숭숭 썰어 넣은
김치찌개처럼 국물 맛이 우러나는 시
냉이와 달래를 넣어서 끓인 된장국처럼
구수한 맛이 나는 그런 시를 읽으면
맛있는 시를 쓰고 싶다

거칠었던 두툼한 세월들
살아온 아픈 흔적들
모두 넣고 장독에 장 담그듯
오래오래 가슴에 담아두었다가
맛있는 향이 피어나는 시
그런 시 한 편 쓰고 싶다

(『문학과행동』 2015년 겨울호)

작품의 화자는 "맛있는 시"란 "속 깊은 동치미 맛처럼 시원하고/두툼한 인생살이에 담백한 맛이 나는/속 깊은 사람 같은" 것이라고 정의하고 있다. "거칠었던 두툼한 세월들/살아온 아픈 흔적들/모두 넣고 장독에 장 담그듯/오래오래 가슴에 담아두었다가/맛있는 향이 피어"난다는 것이다. 결국 삶의 아픔과 슬픔 등을 품고 있으면서도 감상적으로 드러내지 않고 성숙한 인간 정신으로 승화한 작품을 의미한다. 화자의 이와 같은 관점은 시를 인간의 삶이 반영된 산물로 보는 것이다. 그리하여 "맛있는 시"는 감각적인 차원을 넘어 삶의 실재를 구현한다. 시어는 단순한 기호가 아니라 육화되고 정서가 살아 있는 의미들이다. "그런 시 한 편 쓰고 싶다"는 화자의 희망은 노동자의 손처럼 두툼하다. (a)

윙컷

채수옥

그 아이들을 불렀을 때,
입에서 개구리들을 뱉어내고 있었다

사방으로 뛰어오른 개구리 울음들
복도를 흘러와 내 몸에 주렁주렁 매달린다

함부로 떠드는 건 규칙 위반이야
목까지 물이 차올라
허락이 없이는 움직이면 안 된다고

귀를 잡아당기는
내 손아귀에
수북하게 잡혀 오는 털들

아이들은 날마다
예쁘게 잘리는 복습 문제를 풀었고
창공은,
날기 위해 존재하지 않는다는 예습을 한다

건물 밖으로 던져진 다리는
울타리 밖에서 탱자나무로 자라났다
몸통만으로 비대해진 우리는

멀뚱멀뚱 개구리눈으로 담장 밖을 힐긋거리고,

벽을 향해 두 손 들고 서 있는 아이들 겨드랑이에서
어느새 돋아나는 바깥 깃털들

(『시와 정신』 2015년 여름호)

'윙컷'은 조류들의 비행 능력을 제거하기 위해 깃털을 서너 개 정도 자르는 것이다. 그런데 화자가 아이들을 부르자 대답 대신 "입에서 개구리들을 뱉어내고", 그 울음들이 화자에게 돌아와 몸에 매달린다. 부름에 언어로 답하지 않고 제 욕망을 무질서하게 드러낸 것이다. 화자는 그들에게 규칙 위반을 하지 말고 "허락 없이 움직이면 안 된다"고 명령을 하며 귀를 잡아당기자 깃털이 뽑힌다. 그것은 곧 규칙과 권력으로 개체들이 욕망을 포기하고 사회적 규칙에 복종하기를 강요하는 '윙컷'이다. 아이들은 그렇게 규칙이 지배하는 사회 속으로 진입할 준비를 위해 "예쁘게 잘리"는 걸 날마다 익히고 "창공은, 날기 위해 존재하지 않는다"는 걸 터득한다. 그런데 "건물 밖으로" 아이들 다리를 던졌으나 "울타리 밖에서 탱자나무로 자라나" 행인들에게 상처를 주고 있다. 그 학습장 밖의 현실을 "몸통만으로 비대해진 우리는" 지켜만 보고 있는데 벌을 받는 아이들 겨드랑이에서는 가까운 미래를 준비하듯 "바깥 깃털"이 돋아난다. (b)

나무 시편 · 2

최금진

전진도 후퇴도 없는 약시의 나무는
마침내 어떤 높이에 도달하려는 앙상한 의지만 남은 걸까

도무지 안 가본 데라곤 하나도 없으나
그건 꿈이 불러일으킨 환상
대지를 거미줄처럼 엮어 하늘로 끌어올리겠다는 계획이었으나
그것도 영웅의 실패담

지난겨울 슬며시 몇 걸음쯤 뒤로 물러나서
올봄에 푸른 싹을 틔우는
저 절망과 갈망을 사이에 둔 얼마쯤의 거리가 옳다

사람은 어항 같은 투명한 공기주머니 속을 떠돌다 가고
나무들은 떼를 지어 산맥으로 달리다가
어느 곳에선가는 불타는 머리를 들고 하늘로 간다

지구를 통째로 발톱으로 들어올려 우주로 날아간 후
새로운 문명을 건설하는 계획인데
똑바로 서서 최후를 맞겠다는 나무의 자기 발언이 좋다

무리가 다 같이 빙 둘러서서 최후를 지켜보는
그 공동의 장례식이 좋다

그들의 연합과 그들의 개인적인 고뇌가 좋다

법원에서 보내온 철거 계고장을 받아들고서 나는 일기를 쓴다
나무들이여, 그래도 왔던 길을 잃지 않았구나

(『시인동네』 2015년 여름호)

직립의 나무는 전진도 후퇴도 없이 어떤 높이에 도달하려는 의지만으로 저런 형상이 된 듯하다. 한자리를 지키며 똑바로 서서 최후를 맞는 나무의 생태는 도력 높은 수도자를 연상시키기도 한다. 이런 나무가 떼를 이루면 지구상의 어떤 생명체보다 활력이 넘친다. 나무는 지구의 곳곳까지 퍼져 안 가 본 데라곤 없는 듯하다. "대지를 거미줄처럼 엮어 하늘로 끌어올리겠다는 계획"인 듯 나무들은 지표면에 가장 넓게 가장 높이 퍼져 있다. 나무들이 떼를 지어 산맥을 달린다거나 불타는 머리를 들고 하늘로 간다는 표현은 얼마나 역동적인가? 산불로 인해 무서운 기세로 불타는 나무에게서 화자는 "지구를 통째로 발톱으로 들어올려 우주로 날아간 후/새로운 문명을 건설"할 것 같은 거대한 힘을 느낀다. 나무의 웅장한 다비식에는 무리가 하나도 빠짐없이 다 같이 둘러서서 최후를 지킨다. 나무는 개인적인 고뇌에도 충실하지만 연합의 힘도 강하다. 나무는 인간에게 부족한 덕목을 많이 갖추고 있다. 나무 시편이 수없이 생겨나는 이유는 그 때문이다. (d)

양철 지붕에 대한 추억

최동호

빗소리는 듣는 것이 아니라 보는 것이었다
어린 시절
어둠 속에서 빗소리를 듣고 있었는데

팔달로 양철 지붕 대청마루에 선잠 들었다가
어둠이 내 몸 위로 담요처럼 깔려
차가운 어둠이 아니라 빗소리를 그냥 보고만 있었다

듣는 것이 아니라 빗소리가 처음 보인 날
귀는 눈이 되어 침묵하고
처음 보이는 빗소리는 젖지 않는 마음속으로 흘러들어

알 수 없는 허공으로 몸을 떠오르게 하는 것 같아
한 장 담요 밑에 누워 숨죽이고
빗소리가 이승을 열고 저승으로 가는 길을 보고 있었다

(『수원문학』 2015년)

"팔달로"는 수원시의 시가지인데 작품의 화자는 그 "팔달로 양철 지붕 대청마루에 선잠 들었다가" 깨어나면서 "빗소리"를 보았다. 이전까지는 "빗소리"를 들었는데, 본 것이다. 화자가 "빗소리"를 본 것은 자기 존재를 자각한 모습이다. "빗소리가 이승을 열고 저승으로 가는 길을" 본 데서도 확인된다. "빗소리"는 들을 수 있는 대상이지만 화자는 그 무생물에서 생의 유한함을 보았다. 자신이 유한한 존재라는 사실을 추상적이고 관념적인 것을 넘어 구체적으로 인식한 것이다. 그리하여 우주의 모든 존재는 "저승으로 가는 길"을 거부할 수 없음을 새삼 깨달았다. 운명의 길을 벗어날 수 없기에 역설적으로 의무를 자각한 것이다. 역설은 자신의 그림자를 끝까지 끌어안을 때 가능하다. 어떤 탈출구도 발견할 수 없다고 절망하는 극점에서 자신이 걸어가야 할 길을 보는 것이다. (a)

밤의 탱고

최영철

휘영청 달 밝아 공중곡예 시작한
고양이의 사타구니가 잘 보이는 밤
고개 숙이고 지나가는 달빛에 베여버린
목덜미가 서글퍼지는 밤
가을은 짝이 있어 외로운 밤
벗이 있어 입을 다문 밤
묻어둔 말을 꺼내 흩뿌리고 나면
금방 새싹처럼 돋아나는 서러운 말
그걸 탈곡해 한 짐 지고 오느라
저렇게 둥근 달의 등골이 하얗게 휘어져버린 밤
고작 내디딘 서너 걸음 지나온 길
자꾸 돌아보는 달아 바람아
가던 길 멈추고 먼 딴 데로 한눈팔아주는
강의 허리로 허방 짚으며
너 정말 다시 꼬꾸라지기 참 좋은 밤

(『발견』 2015년 겨울호)

동서고금 무수한 달노래가 있는 이유는 달이 쳐다보기 좋은 위치와 빛을 지니고 있기 때문일 것이다. 휘영청 밝은 달이 떠 있는 가을밤이라면 노래는 더욱 구성지게 나오기 마련이다. 달빛이 너무 처연하게 넘쳐흘러 짝이 있어도 외롭고 벗이 있어도 입을 다물게 되는 가을밤. 묻어둔 말을 흩뿌리기 시작하면 끝없이 새로 돋아나 둥근 달의 등골이 하얗게 휘어지도록 깊어지는 밤. 자꾸만 눈에 밟혀 보고 또 보다가 기어이 강 허리로 고꾸라지게 만드는 가을달의 둥글고 흰 얼굴. 탱고는 아프리카 말로 '만남의 장소', '특별한 공간'을 의미한다고 한다. 이런 달을 만나게 되는 장소라면 특별한 곳으로 기억될 것이 분명하다. 묘한 열기와 흥분이 느껴지는 탱고의 리듬처럼 이 시의 리듬은 매혹적이다. (d)

폐사지

최혜숙

설악산 깊은 골에
짐승처럼 쓰러져 누운 암자 한 채

산 넘어 간 종소리 돌아오지 않고
허공을 옮기던 목어도 사라지고
스님의 독경 소리 끊긴 지 오래다

수만 근 적막이 담장을 치고 있다

산문은 하늘로 열려 있어
밤이면 달빛이 내려오고
별들은 마당을 쓸고 간다

밤이 깊을수록 진해지는 솔향

산 귀퉁이 어디쯤
너구리와 고라니와 노루와 꿩
다람쥐가 달빛을 덮고 잠들어 있을 것이다

새와 벌레 울음소리가 고요해진 산은
나뭇잎 하나 떨어지자 부스스 깨어난다

몇백 년을 살았다는 느티나무가
허물어진 절터에서
잎사귀에 새겨 넣은 경을 읽고 있다

(『시와 정신』 2015년 여름호)

폐사지를, 옛 절터를 노래한 시는 많다. 이 시도 폐사지, 옛 절터를 노래한 시 중의 하나이다. 이 시에서의 폐사지는 "암자 한 채"가 "짐승처럼" "쓰러져 누운" 곳으로, "설악산 깊은 골"에 자리해 있다. "산 넘어 간 종소리"도 "돌아오지 않고/허공을 옮기던 목어도 사라지고" 없는 곳이 이 폐사지이다. 당연히 "스님의 독경 소리"도 "끊긴 지 오래"이다. 뿐만 아니라 이 폐사지에는 "수만 근 적막이 담장을 치고 있다". "산문은 하늘로 열려 있어/밤이면 달빛이 내려오고/별들은 마당을 쓸고"가는 곳이 이 폐사지이다. 시인이 보기에 이 폐사지에서는 "밤이 깊을수록 진해지는 솔향"이 난다. "산 귀퉁이 어디쯤/너구리와 고라니와 노루와 꿩/다람쥐가 달빛을 덮고 잠들어 있"는 곳이 이 폐사지이기도 하다. "새와 벌레 울음소리가 고요해진" 이 폐사지 부근에서는 "나뭇잎 하나 떨어지자" 산이 "부스스 깨어난다". 이 "허물어진 절터에서"는 "몇백 년을 살았다는 느티나무"도 스님이다. 느티나무가 "잎사귀에 새겨 넣은 경을 읽고 있"기 때문이다. 느티나무를 "잎사귀에 새겨 넣은 경을 읽고 있"는 스님으로 비유하고 있는 점이 특히 새롭다. (c)

루저 백서 1

하 린

이봐요, 드라이버 씨 내 시를 해체해줘요
십자든 일자든 왼쪽으로만 돌려줘요
꽉 조여진 난해성을 풀어줘요
녹슨 상태만 지속되다 보니
행간에 상징이 자꾸 끼어들잖아요
언제부터 독설이 진행된 건지 알 수 없지만
지루해지거나 건조해지고 말았어요

거만하게 웃는 자음과 모음의 불안전 결합이 보이나요
제일 먼저 제목이 가진 어설픈 포즈를 분해해줘요
우드득, 뼈 부러진 소리 들리지요
괜찮아요 주목받는 시인도 아닌데요 뭘—
이름 따위엔 신경 쓰지 말아요
첫 행부터 어깨들이 우글거리지요
결핍과 따돌림으로 힘이 잔뜩 들어가 있으니

뭉쳐 있던 자존심을 사정없이 풀어봐요
피가 한 방울도 나지 않는데도
전체적으로 아픈 척을 하고
생선도 아닌데 비린내가 득실거리지요
저 혼자 심각해져서 낭떠러지까지 흉내내지요

왜요 버릴 곳이 없다고요 휴지통이 필요하다구요
배려 따윈 필요 없으니 맘껏 비웃어줘요
난 1.5평 고시텔에서 시나 쓰는 루저니까
그러니 이젠 방향을 바꿔 심장을 향해 깊숙이, 깊숙이……

(『문학과행동』 2015년 겨울호)

화자와 청자가 명확한 시로, 시에 대한 시, 곧 메타시이다. 나사못인 동시에 루저로 등장하는 화자인 '나'는 배역이기도 하다. 역시 배역인 청자 "드라이버 씨"는 이 시에서 나를 오른쪽으로 꽉 조여놓은 드라이버인 동시에 드라이버를 쥔 사람으로 기능한다. 시의 모두(冒頭)에서 '나'는 "드라이버 씨"에게 "내 시를 해체해"달라고, "십자든 일자든 왼쪽으로만 돌려"달라고 말한다. '나'에게는 그것이 "꽉 조여진 난해성을 풀어"주는 것이기 때문이다. '나'는 시를 오른쪽으로 너무 꽉 조여 "녹슨 상태만 지속되다 보니" "행간에 상징이 자꾸 끼어"든다고 말한다. "언제부터 독설이 진행된 건지 알 수 없지만" 그가 보기에 이처럼 오른쪽으로 지나치게 꽉 조인 시는 "지루해지거나 건조해지"기 쉽다. "자음과 모음의 불안전 결합이 보이는" 시 말이다. 그리하여 그는 "먼저 제목이 가진 어설픈 포즈를 분해해"달라고 말한다. 오른쪽으로 꽉 조여져 있는 나사못을 왼쪽으로 돌리다 보면 "뼈 부러진 소리"가 들리기도 하겠지만 말이다. "어깨들이 우글거리"는 시들, "결핍과 따돌림으로 힘이 잔뜩 들어가 있"는 시들에게 그는 "자존심을 사정없이 풀어봐요"라고 말한다. 당연히 그는 이들 시에 대해 긍정적이지 않다. "피가 한 방울도 나지 않는데도/전체적으로 아픈 척을 하"기 때문이다. "저 혼자 심각해져서 낭떠러지까지 흉내내"는 시들 말이다. "1.5평 고시텔에서 시나 쓰는 루저"인 그로서는 "휴지통이 필요"한 이들 시를 "맘껏 비웃"고 싶은 것이다. "그러니 이젠 방향을 바꿔 심장을 향해 깊숙이, 깊숙이" 달려 나갈 뿐이지만 말이다. (c)

인문학 강독

한정원

인문학이 뭐라고 생각해요

그건 비 오는 창가에 앉아서 빗소리를 듣는 거예요
양철 지붕 위에 떨어지는 빗소리
벽돌로 담을 쌓은 채송화 화단에 스며드는 고요
먼지 낀 신작로에 비릿한 흙냄새를 풍기며
나무를 일으켜 세우는 바람 소리를 듣는 것

아버지도 저세상에서 인문학을 하고 계신가 보다
봉분 위에 떨어지는 눈물 소리 들으며
아직 찾지 못한 각주를 달기 위해
가을비 맞으며 적막의 소리를 듣고 계시다

네 번의 봄을 지나치며 손을 내밀어도
화답하지 않던 둑길의 느티나무가
어느 일요일 아침 너를 허락했다고
상처를 담아 가려고 철물점의 그늘을 기웃거릴 때
주인은 너에게 햇빛까지 부어주었다고

붉은 대륙에서 천 개의 눈을 가지고
천 개의 달빛을 건너가던
레게 스타일의 네 머리카락은 자꾸 하늘로 올라갔다

네 몸도 스카프가 달린 검정 재킷도
푸른 양탄자를 따라 곡선으로 휘날렸다
네가 듣던 빗소리가 너의 방울 귀걸이 끝에 매달려 있다
은빛 고리가 반짝일 때마다 빗방울로 치환된다

인문학은 어떻게 하는 거라고 생각해요

그건 모두 문을 닫고 있는 새벽에
시에라리온으로 가는 거예요
에볼라를 앓는 검은 눈동자와 마주치기 위해
패스포트를 만지며 너는 사막의 소리를 들려주었다
상처는 타투처럼 지워지지 않고
살 속 깊숙이 파고든 기억은 나뭇잎 무늬 세포가 되었다

인문학이 죽었다고 생각해요?

그게 죽은 줄 알고 윗목에 밀어놓으면
꼭 다시 살아나 아랫목으로 옮겨놓게 돼요
인문학은 빗소리를 듣는 거라고 대답하던
너의 열한 개의 윗니가
비 온 뒤 하늘처럼 햇빛과 습기를 머금고 있다

(『시와표현』 2015년 2월호)

"인문학이 뭐라고 생각해요"라고 묻자 "너"는 "그건 비 오는 창가에 앉아서 빗소리를 듣는 거예요"라고 대답한다. "양철 지붕 위에 떨어지는 빗소리/벽돌로 담을 쌓은 채송화 화단에 스며드는 고요/먼지 낀 신작로에 비릿한 흙냄새를 풍기며/나무를 일으켜 세우는 바람 소리를 듣는 것"이라고도 한다. "너"가 "인문학"에 대해 이렇게 대답하는 것은 "네 번의 봄을 지나치며 손을 내밀어도/화답하지 않던 둑길의 느티나무가/어느 일요일 아침" "허락"한 체험이 있기 때문이다. 그리하여 화자는 "아버지도 저세상에서 인문학을 하고 계신가 보다"라고 생각한다. "아직 찾지 못한 각주를 달기 위해/가을비 맞으며 적막의 소리를 듣고 계시"는 모습도 떠올린다. 화자는 "인문학은 어떻게 하는 거라고 생각해요"라고 "너"에게 다시 묻는다. 그러자 "그건 모두 문을 닫고 있는 새벽에/시에라리온으로 가는 거예요"라고 대답한다. "에볼라를 앓는 검은 눈동자와 마주치기 위해/패스포트를 만지며" 전한다. 화자는 다시 "인문학이 죽었다고 생각해요?"라고 묻는다. 이번엔 "그게 죽은 줄 알고 윗목에 밀어놓으면/꼭 다시 살아나 아랫목으로 옮겨놓게 돼요"라고 대답한다. "너"는 점점 "인문학"을 옹호한다. "너"는 타자일 수도 화자 자신일 수도 있다. 모두 "인문학"을 지키려고 하기에 문제가 되지 않는다. 인문학은 죽었는가? 인간이 이 지상에서 살고 있는 한 자기 존재에 대해 고민할 수밖에 없으므로 인문학은 결코 죽지 않았다. ⓐ

새

허만하

가늘게 떠는 포근한 체온을 내 손바닥에 남겨둔 채 날아가버린 새가 만드는 하늘.

발자국을 남기지 않는 하늘은 경계가 없는 넓이가 되어 따라간 시선은 두 번 다시 돌아오지 못한다. 환한 슬픔과 황홀한 잠적이 겹치는 비어 있는 넓이 어디쯤에서 시선은 길을 잃어버렸거나, 순수한 넓이에 홀려 그 안에서 그대로 쓰러져버렸는지 모른다.

아니다.

하늘에는 새이기 위하여 절대로 지상에 내려앉지 않는 새가 있다. 시선은, 내 손바닥을 벗어나 자신의 하늘을 찾아나선 새 날개에 밀착한 채 아직 하늘을 날고 있다.

(『포지션』 2015년 가을호)

새가 가늘게 떨다 체온만 손바닥에 남겨둔 채 하늘로 날아가버렸나 보다. 무한히 넓은 하늘에 발자국도 남기지 않고 사라져가는 새를 뒤좇아 가던 화자는 이별의 아쉬움에 시선을 옮기지 못하고 있다. "환한 슬픔과 황홀한 잠적이 겹치는" 하늘에서 그 "순수한 넓이에 홀려" 길을 잃고 새의 행방을 찾다 쓰러져 되돌아오지 못한다. '새'는 화자와 지상에서 함께 생활하던 이의 영혼의 실체이며 하늘은 육신의 삶이 끝나면 가는 무한하고 순수한 영혼의 세계를 대신하는 공간일 것이다. 그래서 지상을 떠난 "하늘의 새"는 절대로 지상에 다시 내려앉지 않으리라 믿으며 날개에 밀착한 시선은 새와 함께 "하늘을 날고 있다." 그렇게 시인은 하늘로 떠난 이에 대한 간절한 사모의 정을 감추고 새의 행방을 좇는 시선으로써 암시하고 있다. (b)

루매니아어로 욕 얻어먹는 날에

허수경

비는 오고
광장에 앉아서 구걸을 하는 여자 거지
루매니아에서 왔네
아침에 나와 다섯 시간 동안 구걸을 하다가
그녀는 번 돈을 들고 조직의 대장에게 간다
대장은 여자에게 돈을 받고
여자의 아들을 돌려주네
동전을 주려다 나는 멈칫하네
그녀를 감시하는 대장의 눈길이 여자의 어깨에 있어
루매니아에서 태어나 나치에게 부모를 잃고
오스트리아를 거쳐 파리로 갔다가
마침내 파리에서 자살한 시인을
아느냐고 나는 물어볼 수가 없었네
내가 멈칫하자 여자는 나를 향해서 욕을 하기 시작하네
비는 오고
나는 여자의 욕설을 맞네
여자의 욕을 알아들을 수 없네
칠십 년 전 이 광장에서
히틀러 만세를 외치던 사람들만큼 낯설어
그 와중에 죽은 시인을 떠올리는 나도 낯설어
우리는 서로서로에게 낯선 역사적인 존재들

비는 오고
우리는 젖고 욕도 젖고

(『포지션』 2015년 여름호)

화자는 광장에서 루매니아에서 왔다는 여자 거지를 만났다. 그런데 구걸하여 번 돈을 조직의 대장에게 가져다주고 인질로 잡혀 있는 아이를 데려온다는 사실을 알게 된다. 그런 여자 거지에게 화자가 루매니아에서 태어나 부모를 잃고 "파리에서 자살한 시인을/아느냐"고 물어보려다 "멈칫하"자 그녀는 화자를 향해 욕을 하기 시작한다. 그 "알아들을 수 없"는 욕설을 낯설어하는데 낯설게 비가 온다. 그리고 칠십 년 전 그 광장을 점령하고 "히틀러 만세를 외치던 사람들"을 상상하며 또 낯설어한다. 그렇게 화자가 광장에서 벌어지는 사건들과 내리는 비와 욕을 모두 낯설어하는 까닭은 그것들이 자신의 기대와 상식에 어긋나기 때문일 것이다. 인간은 대상에 대하여 기존에 갖고 있던 지식 또는 상식이나 기대가 어긋났음을 알 때 낯섦을 느끼고 그 순간 정서적 충격을 받기 마련이다. 시인은 광장에서 욕망과 기대가 다른 인간들이 "서로서로에게 낯선 역사적인 존재"라는 걸 깨닫는다. (b)

풍물 시장

황구하

찬바람 혹독할수록 시장은 시끌벅적하다

상주 풍물 시장 간이 정류소 버스 한 대 기우뚱 서자
알록달록 꽃 몸뻬 노파 뒤뚱뒤뚱 보퉁이에 얹혀 내린다

파카 속에 목을 집어넣고 있던 장꾼들
우루루 몰려가 보퉁이 끌고 당기고 장이 익는데

단단히 여미고 쟁인 보퉁이 통째로 풀어져
호두며 대추 땅콩 곶감들 푸지고 자지러지고 통통통 튄다

지난여름 울울창창 매미 울음에 귀 닫고 웅크리다가
결국은 제 살 찢고 쭈글쭈글 감기는 소리 익혔으리라

햇빛도 빗방울도 가벼이 떠나보내고
온몸 땅심으로 다지는 풍물 소리

왁자한 장꾼들 발과 손 사방팔방 흩어진 시장을 훑는다
바닥과 셈하는 흥정이 내고 달아 맺고 푼다

진눈깨비도 바람 추임새 따라
얼쑤얼쑤 춤추는 한낮

무르팍걸음으로 기어가는 노파의 굽은 등이 쿨럭쿨럭 또 풍물을 친다

(『리토피아』 2015년 여름호)

"상주 풍물 시장"에 찬바람이 혹독하게 불고 진눈깨비마저 내리는데 추운 날씨와 맞서려는 듯 "왁자한 장꾼들"은 사고파느라 열을 올리고 있다. 버스를 타고 "호두며 대추 땅콩 곶감" 등 애써 농사지어 거둔 농산물을 팔아 용돈이라도 마련하러 온 노파들은 걷기조차 힘들어 보인다. 그들이 "단단히 여미고 쟁인 보퉁이를 끌고 당기는 장꾼들"은 흡사 굶주렸다가 먹잇감을 만난 맹수를 연상케 한다. 세상의 온갖 잡음에 "귀 닫고 웅크리다가 결국은 제 살 찢고 쭈글쭈글" 늙어버린 노파들은 평생 힘들게 농촌을 지켜온 주역들이다. 애환과 역경 속에서도 "온몸 땅심으로 다지"며 풍물 시장을 이끌어온 노파들과 장꾼들 사이에 벌어지는 흥정이 달아오를수록 오히려 비극적인 느낌을 준다. 한 생애를 흙을 일구다가 이제 "무르팍걸음으로 기어가는 노파의 굽은 등"이 보이지 않을 날도 머지않은 듯하다. 그들의 귀엔 불과 한 세대 전에 인근 농촌의 남녀노소가 상쇠의 꽹과리 장단을 뒤따르던 농악대의 흥겹던 "풍물 소리"가 꿈결인 듯 들려오는지도 모른다. (b)

가난의 변주곡

황규관

지금껏 가난하게 살아왔는데
빚더미 가득한 집 싱크대는 아직도 줄줄 샌다

나는 그 원인을, 막힌
배수구에 버린 물이 역류하는 것이라
추측은 하면서도
속수무책이다
역류하는 건 고작 구정물뿐일 테니까

가난에도 문양이 있는 법이다
지금 겪는 이 시간은
어두컴컴하게 막힌 배수구와도 닮았지만
내 심장은 꺼지지 않은 사랑이
아직 움켜쥐고 있다

가지 못한 길이 남아 있는 오늘밤에도
꽃잎은 바람에 흔들리고
번민은 목마른 가뭄에도 우북하지만
아무도 알아주지 않는 기쁨이 내게는 있다

아침마다 꿈에서 울고 가는 새여
떠나버린 음악이 남긴 상흔에 드는 비용을

나는 계산하지 않기로 했다

다만 가난한 걸음으로 강가를 걷기로 했다
혼자만 듣는 신음을 더 앓기로 했다

(『서정시학』 2015년 여름호)

가난에 대한 시는 수없이 많다. 이 시의 제목을 시인이 '가난의 변주곡'이라고 정한 것도 그 때문이리라. 물론 이 시가 '가난'만을 노래하고 있는 것은 아니다. 오히려 "배수구에 버린 물이 역류하는 것"에 초점을 맞추고 있기 때문이다. 시인은 우선 "지금껏 가난하게 살아왔는데/빚더미 가득한 집 싱크대는 아직도 줄줄 샌다"고 말한다. "빚더미 가득한 집"은 일단 시인의 집으로 읽히지만 꼭 그렇게만 읽히는 것만은 아니다. 한편으로는 "빚더미 가득한" '나라'로도 읽히기 때문이다. 어쨌거나 시인은 싱크대가 "줄줄" 새는 원인을 "배수구에 버린 물이 역류하"기 때문이라고 받아들인다. 하지만 시인은 "추측은 하면서도/속수무책이다". "역류하는 건 고작 구정물뿐일 테니까" 말이다. 급기야 시인은 "지금 겪는 이 시간은/어두컴컴하게 막힌 배수구와도 닮았지만/내 심장은 꺼지지 않은 사랑이/아직 움켜쥐고 있다"고 말한다. 시인에게는 "사랑이/아직 움켜쥐고 있"는 심장만 있으면 된다는 것인가. 마침내 시인은 조금은 씁쓸하게 "오늘밤에도" "가지 못한 길이 남아 있"다며 "번민은 목마른 가뭄에도 우북하지만/아무도 알아주지 않는 기쁨이 내게는 있다고" 말한다. 시인은 "떠나버린 음악이 남긴 상흔에 드는 비용을" "계산하지 않기로" 하고 "가난한 걸음으로 강가를 걷"는다. 그로서는 "혼자만 듣는 신음을 더 앓"는 수밖에 없는 것이다. 고통을 감내할 수밖에 없는 시인의 마음이 안쓰럽다. (c)

죄송한 마음

황인찬

지난겨울에는 많이 슬펐습니다 식은밥을 미역국에 말아 먹었습니다 다시는 그러지 않겠습니다

저는 자주 헷갈립니다

숟가락에 붙어버린 미역은 어떻게 해야 합니까 입으로 떼어 먹으면 되는 것입니까 아니면 국물에 풀어버려야 하는 것입니까

죄송합니다
그런 마음을 담아 이 글을 씁니다

……

오늘은 모처럼 일찍 눈을 떴습니다
창밖에는 눈이 내리고 있습니다

미역은 생각보다 더 많이 불어납니다 물기를 짜낼 때는 어쩐지 서글퍼지지만

저는 종종 믿을 수 없습니다

저기 눈 속을 뚫고 지나가는 사람들에게도
나름의 인생이 있군요 제가 모르는 새에 태어나
또 모르는 새에 죽어버리는 것이군요

부엌에는 저 혼자뿐입니다

정신을 차려보면 흰쌀이 물속에 잠겨 있습니다

……죄송합니다

지난겨울에는 많이 슬펐습니다 친척의 별장에서 많은 일이 있었습니다만 그것에 대해서는 달리 말하지 않겠습니다

슬픔은 인생의 친척이라고 합니다 그런 말을 책에서 읽었습니다 그렇다면 인생은 슬픔의 친척이 되는 것이겠지요 친척에 대해 생각하면 어쩐지 죄송해지는군요

증기 배출이 시작된다고 모르는 여자가 말해줍니다

아침은 흰쌀밥과 소고기를 넣은 미역국입니다
흰쌀밥에 미역국은 아주 맛있고 매우 뜨겁습니다

너무 뜨거워서 잠시 식게 둔 것이
어느새 완전히 식어버렸군요

허옇게 굳은 기름이 국물 위에 떠 있습니다

더 이상은 슬퍼지지 않습니다
정말 죄송합니다

(『문학동네』 2015년 겨울호)

'미래파' 이후의 시이다. 별로 난해하지 않을뿐더러 시인의 감정이 적나라하게 고백되어 있어 새로움을 준다. 벌거벗고 있는 감정이 특이한 흡인력으로 독자들을 사로잡는 시이다. 다짜고짜로 시인은 "지난겨울에는 많이 슬펐습니다 식은밥을 미역국에 말아 먹었습니다 다시는 그러지 않겠습니다"라고 고백한다. 심지어는 "자주 헷갈립니다"라고까지 진술한다. 이어 그는 자잘하게 "숟가락에 붙어버린 미역은 어떻게 해야 합니까 입으로 떼어 먹으면 되는 것입니까 아니면 국물에 풀어버려야 하는 것입니까"라고 묻는다. 아주 자잘한 "마음을 담아 이 글을" 쓰고 있다고 밝히고 있는 것이다. "모처럼 일찍 눈을" 뜬 것, "창밖에는 눈이 내리고 있"는 것, "미역은 생각보다 더 많이 불어"나는 것, "물기를 짜낼 때는 어쩐지 서글퍼"지는 것 등이 바로 그러한 마음이다. 작고 보잘것없지만 그것들에게도 나름의 가치는 있다. "눈 속을 뚫고 지나가는 사람들에게도/나름의 인생이 있"다는 것이다. 돌이켜보면 죄송하기만 한 것이, 슬프기만 한 것이 인생이다. 언젠가 시인은 "슬픔은 인생의 친척이라"는 말을 책에서 읽은 적이 있다. 그렇다면 "인생은 슬픔의 친척이" 된다. "친척에 대해 생각하면 어쩐지 죄송해"진다. 마침내 그는 "흰쌀밥과 소고기를 넣은 미역국"으로 아침 식사를 한다. 한때는 "흰쌀밥에 미역국"을 먹는 것 자체가 행복의 척도인 적이 있다. 그런데 지금 그가 먹은 "흰쌀밥에 미역국"은 너무 식어 "허옇게 굳은 기름이 국물 위에 떠 있"다. "잠시 식게 둔 것이/어느새 완전히 식어버"린 것이다. 그로서는 "정말 죄송"할 수밖에 없다. 그러니 "더 이상은 슬퍼"질 리 만무하다. ⓒ

2016
오늘의
좋은
시